安家图书馆边
"浙图大学"听讲手记

周大彬　著

浙江工商大学出版社　杭州
ZHEJIANG GONGSHANG UNIVERSITY PRESS

图书在版编目(CIP)数据

安家图书馆边 :"浙图大学"听讲手记 / 周大彬著
. — 杭州 :浙江工商大学出版社,2024.12
ISBN 978-7-5178-6026-6

Ⅰ. ①安… Ⅱ. ①周… Ⅲ. ①随笔－作品集－中国－
当代 Ⅳ. ①I267.1

中国国家版本馆 CIP 数据核字(2024)第 094260 号

安家图书馆边——"浙图大学"听讲手记

ANJIA TUSHUGUAN BIAN——"ZHETU DAXUE" TINGJIANG SHOUJI

周大彬 著

出 品 人	郑英龙
策划编辑	刘　颖
责任编辑	刘　颖
责任校对	韩新严
封面设计	蔡思婕
责任印制	祝希茜
出版发行	浙江工商大学出版社
	(杭州市教工路 198 号　邮政编码 310012)
	(E-mail:zjgsupress@163.com)
	(网址:http://www.zjgsupress.com)
	电话:0571-88904980,88831806(传真)
排　　版	杭州朝曦图文设计有限公司
印　　刷	浙江海虹彩色印务有限公司
开　　本	880mm×1230mm　1/32
印　　张	9.25
字　　数	170 千
版 印 次	2024 年 12 月第 1 版　2024 年 12 月第 1 次印刷
书　　号	ISBN 978-7-5178-6026-6
定　　价	58.00 元

周大彬

浙江庆元黄田人，1975年7月生，居杭州曲荷巷，浙江省《联谊报》记者。出版《老爸，作文我不怕》《作文，我们都不怕》《作文PK，谁怕谁》《老爸，去图书馆》《黄田故事——浙南闽北乡俗》《龙泉师范：金沙路21号》《城乡事——教育·司法档案寻访记》《淤里亭——永远的新村中学》等。

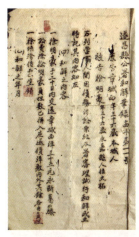

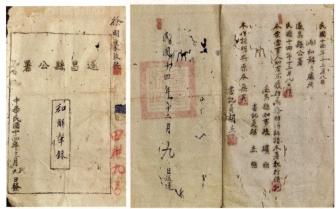

民国十四年(1925)十二月,遂昌县公署和解笔录徐明豪收执(遂昌县档案馆藏,周大彬捐赠)

装有光华大学副校长朱公谨先生给蒋竹庄先生的手写聘书的信封
（宁波市图书馆藏，周大彬捐赠）

聘書

逕啟者茲聘請

台端兼任中國文學系主任時期以本學期

為限至祈

俯允擔任為荷此致

蔣竹莊先生

中華民國三十四年 八月 廿九 日

私立光華大學副校長
兼校務委員會主席 朱公謹

光華大學校長室用箋

光华大学副校长朱公谨先生给蒋竹庄先生的手写聘书（宁波市图书
馆藏，周大彬捐赠）

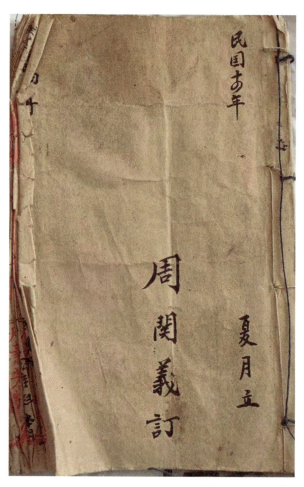

民国十四年（1925）周关义订夏月讼稿簿（遂昌县档案馆藏，周大彬捐赠）

民国十四年(1925)周关义订夏月讼稿簿内页(遂昌县档案馆藏,周大彬捐赠)

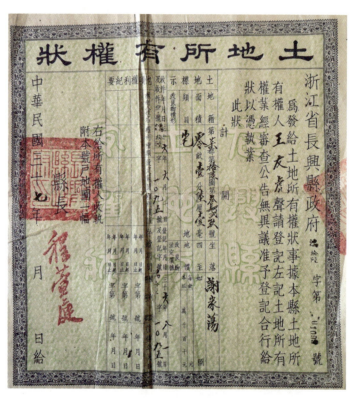

民国三十七年(1948)浙江省长兴县政府鸿桥(今洪桥镇)拾陆字第一〇九五号土地所有权状[长兴(太湖)博物馆藏,周大彬捐赠]

民国三十七年(1948)浙江省长兴县政府鸿桥(今洪桥镇)拾陆字第
一〇九五号土地所有权状对应的测绘图[长兴(太湖)博物馆藏,周
大彬捐赠]

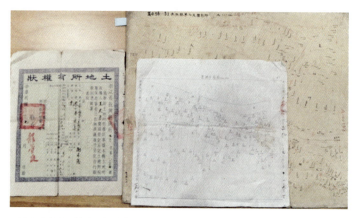

长兴（太湖）博物馆收藏的 1935 年长兴县实测户地原图与周大彬
先生捐赠的 1948 年土地所有权状在此刻历史重逢

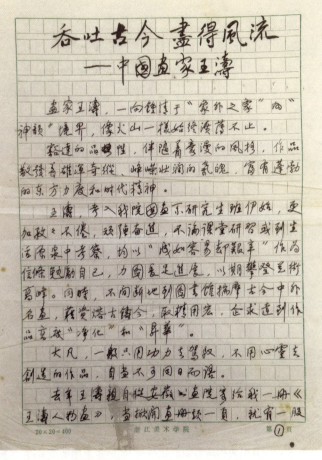

吞吐古今 盡得風流
——中國畫家王濤

　　畫家王濤，一向鍾情于"象外之象"的"神韻"境界，像火山一樣始終激蕩不止。

　　豁達的品性，伴隨着豪邁的風格，作品散發着雄渾奇縱、峻嶒壯闊的氣魄，富有蓬勃的東方力度和时代精神。

　　王濤，考入我院國畫系研究生班伊始，更加致之不倦，頑強奮進，不論課堂研習或到生活源泉中考察，均以"成如容易却艱辛"作為信條勉勵自己，力圖畫些進展，以期攀登美術高峰。同時，不間斷地到圖書館揣摩古今中外名畫，藉資熔古鑄今，取精用宏，企求達到作品畫威"净化"和"昇華"。

　　大凡，一般只用功力去駕馭，不用心靈去創造的作品，自當不可同日而語。

　　去年王濤親自從安徽畫院寄給我一冊《王濤人物畫》，當掀開畫冊頭一頁，就有一股

浙派人物画开山鼻祖李震坚先生手稿一（丽水市图书馆藏,周大彬捐赠）

雄浑的力量和磅礴的气势，劈刻而来，震撼不已。那是描写《庄周梦蝶》图。又一是《师徒对话》。两幅的追溯着中国古代哲学思想，用不用手法，阐发了东方的力和美，体现了中华民族文化的巨大气派。色彩以"重镳骨"、"焦墨面"对比强烈，真令我思绪高千，赞叹不已，恍如进入了"他境界"乃至流连忘返的秘密所在室。

一九八四年元旦所画的《锺馗图》又是笔韵飞动，墨色斑烂，抒发了画家不可遏止的激荡情绪和振兴民族文化的宏伟抱负。同时画面上以三宝运用了鲜艳的红色（宝剑、熠熠、眼睛）增添了画面火热的气氛，深化了艺术的魅力。

"强动还须婀娜附"，又是王涛作品风格多变的实派，例如：《络女》、《雨蒙蒙》等却充满着婀娜多姿，轻盈闲静的富美情趣，竟以诗意画意体现了净的韵律。画的独特语言，震刚与刚柔相济，浓淡适度。

此作，有像画乐是王涛平时经常出现的题

浙派人物画开山鼻祖李震坚先生手稿二（丽水市图书馆藏，周大彬捐赠）

材，以其独具慧眼着意描写"象外之象"，拓展了所意想不到的特殊效果。如画《海棠大师》一帧，全用传统的线条、墨色、重彩混融手法任意挥洒，呈现了天衣无缝的杰出诗篇。

王涛曾二度分赴美国、往国举办个展、讲学、参观访问，增长了见识，阔阔了胸襟，以愈为益感到传统艺术宏博况雄，富具东方特色，于在自己的艺术天地里继续奔腾驰骋。

际兹国家开放，物质与精神文明，相辅相成之机，王涛精力充沛，敏志弥坚，创作日丰，影响愈大。此不惟我院之荣，亦乃祖国艺坛之骄也。

我与王涛，师生情谊深厚，故成此短文，聊作简介。如今中外艺林，流派纷呈，人才辈出，高朋如云。观王涛之素养，知其艺之风格。凡有识者，庶不以余言为未谙乎！

中国浙江美术学院教授李震坚
1990年3月于杭州

浙派人物画开山鼻祖李震坚先生手稿三（丽水市图书馆藏，周大彬捐赠）

011

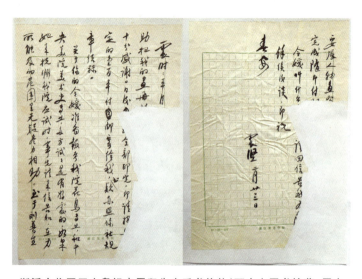

浙派人物画开山鼻祖李震坚先生手书信札(丽水市图书馆藏,周大彬捐赠)

收有李震坚先生照片、素描头像作品等的录像带,外包装盒上贴有
"浙江美院"的标签(丽水市图书馆藏,周大彬捐赠)

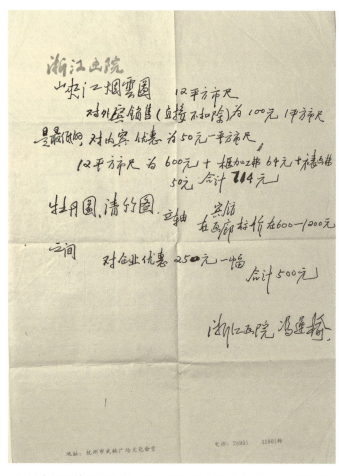

浙江画院

山水江烟云图　12平方市尺

对外宽销售（直接不扣除）为100元/平方市尺
是最低的。对内宽优惠　为50元一平方市尺

12平方市尺　为600元＋框加工带64元＋禧
50元　合计714元

牡丹图、清竹图　立轴　宾馆
　　　　　　　　　　在画廊标价在600~1200元
之间
对企业优惠250元一幅
　　　　　　　合计500元

浙江画院　冯运榆

地址：杭州市武林广场文化会堂　　　电话：26951　21901转

浙派人物画第二代代表人物冯运榆先生作品润格（丽水市图书馆藏，周大彬捐赠）

浙派人物画第二代代表人物冯运榆先生国画作品《朝云》(丽水市图书馆藏,周大彬捐赠)

浙派人物画第二代代表人物冯运榆先生写给学生俞建新先生的信
（丽水市图书馆藏，周大彬捐赠）

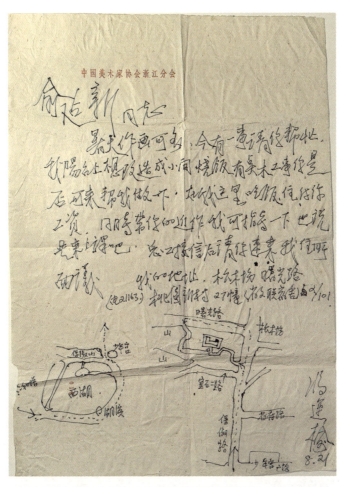

浙派人物画第二代代表人物冯运榆先生手书信札（丽水市图书馆藏，周大彬捐赠）

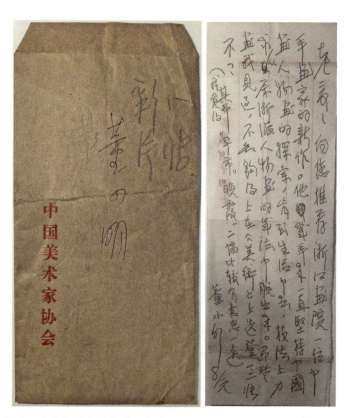

画家、艺术策划人董小明先生为向《美术》杂志推荐冯运榆先生作品
所写的推荐信

冯运榆先生画作，录在彩色胶片上（丽水市图书馆藏，周大彬捐赠）

浙派人物画大师吴永良先生手书信札一（丽水市图书馆藏，周大彬捐赠）

浙江美术学院

浙派人物画大师吴永良先生手书信札二（丽水市图书馆藏，周大彬捐赠）

浙江人民美术出版社
ZHEJIANG PEOPLE'S FINE ARTS PUBLISHING HOUSE
杭州市武林路125号 Add., 125 WULIN ROAD HANGZHOU Tel., 22931

著名画家、中国美院教授郭立范女士手书信札一（丽水市图书馆藏，周大彬捐赠）

浙江人民美术出版社
ZHEJIANG PEOPLE'S FINE ARTS PUBLISHING HOUSE
杭州市武林路125号 Add., 125 WULIN ROAD HANGZHOU Tel., 22931

电话联系，他们一来都如读面念。

暑假里，雪青、雪红一长回杭看望我。九月底才回。九月中旬
要迟回杭的，雪青已在美院教书了，雪红在巴黎装饰艺术学院学
习成绩很好。我们的老师见到她最近的作品很是第一流的优美，
进步很大的。她很爽快、亲热，但，情绪很好，很高兴。她的变化很大了
性比以前开朗的多，这一年多她常常是自立的。来雪青去过一个城市，
这使我们刘更大的勉励圣孩子，要勤二发孩子很才能我的通知
这些厉害，人要成独立。他们都很想回国来看，但空，路都很
贵，他们也宁可回来，反之，是他们自己劳动，配付费。红的部教授
一样把创作也就是把目光打的。所以她很高兴说以可以向教授学
到许多知识，好了解快了机会回来，雪青除了教学外，打了很多的设
计，进步、着很大，那要的设稿做着进，有易我的设计。同此，产品多一
些每设计一作品都会给我，求一下意见，也把我了解她的工作，她
们都如，我也放心一些。平时我的事也的多，所以，书信迟早挂着这
的。

要百劳忙忙的工作高兴，也向百劳同志投贯，我们这些忙忙
未觉的是情充只作日一般，愿我们都健该为亲的事业尽自己的
为所役。

敬礼学生 祝夏安，

立范
91.7.10.

著名画家、中国美院教授郭立范女士手书信札二（丽水市图书馆
藏，周大彬捐赠）

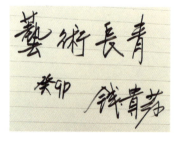

著名画家钱贵荪手迹（丽水市图书馆藏，周大彬捐赠）

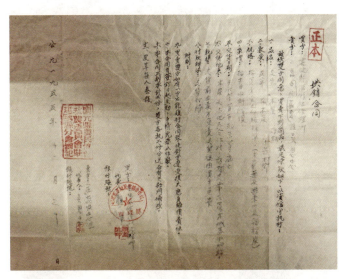

1955 年庆元县农民协会菇农委员会驻建瓯县分会与福建省建
瓯县供销合作社签订的供销合同(庆元香菇博物馆藏,周大彬
捐赠)

吴海华家藏的大量清朝、民国时期契据，现已委托周大彬捐赠给庆元县档案馆

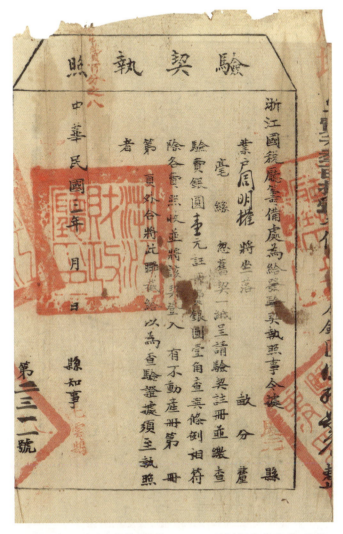

验契执照

浙江國稅廳籌備處為給發契買執照事令據

業户周明權　　將坐落　　　縣

　　　毫　絲　恐舊契一紙呈請驗契註冊並繳查

驗賣銀圓查元註冊銀圓壹角查票俗例相符

除各費照收並將該契發給業户入　有不動產冊第　册

者　　第　　頁外合將此照發給以為查驗證據須主執照

中華民國三年　月　日

縣知事　　

第二三一一號

民国三年(1914)验契执照(第二三一一号)(吴海华家藏,委托
周大彬捐赠给庆元县档案馆)

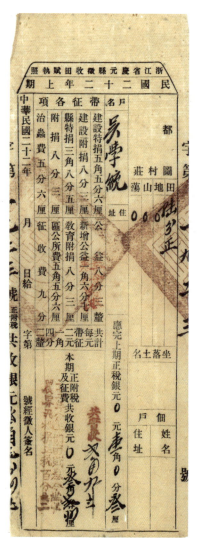

民国二十二年（1933）庆元县征收田赋执照（吴海华家藏，委托周大彬捐赠给庆元县档案馆）

序 独特的修行

1

从 2013 年开始，我陆续在浙江图书馆举办经典阅读以及文学与电影的讲座。

讲了几次，我就注意到了第一排那个熟悉的听众。他身材魁梧，神情专注，总是提前到达讲厅，几乎每次都坐在固定的位置，手里总是拿着一本笔记本。

有一次讲完课，他走上前来，向我介绍了他自己，告诉我他叫周大彬，在一家报社工作，并表达了对我的课的认可。我们还相互加了微信。

迄今为止，我已经在浙图做了三十多场讲座。除了一两次家里有事或过节回老家，周大彬几乎听了我的所有讲座。

课后周大彬经常会在微信里跟我做一些简单的交流，

主要是对我的课的点赞与肯定。他还会把课间所拍的讲座照片发给我,而我会挑几张发在朋友圈。

我很快就知道,周大彬每个周末与周一都会到浙图与杭州国画院听各种讲座,风雨无阻,十年如一日。他不仅听文学与经典的讲座,也听哲学与文化的各种讲座。我想,到图书馆听讲座,对周大彬而言,既是兴趣所至的求知方式,也是一种独特的个人修行。

在这个浮躁的时代,在这个学生在教室里只刷手机不听课的时代,每次在讲厅里发现周大彬磐石般坐在那个固定位置上,心里除了有一丝稳妥感,还会有一种莫名的感动。这个身影慢慢成了讲座不可或缺的一部分,成了一个不是惯例的惯例、不是标配的标配,偶尔有一次见他没来,我竟会产生喀然之感。

作为一名特殊的听众,作为事实与惯例,周大彬每次必到,这对我来说,首先不可能不是一种鼓励与鞭策,其次,也无疑是一种鉴定与监督,至少,我的讲座内容会本能地避免重复,我会格外提起精神来对待每一次讲座。

岁月荏苒,讲者无数,可周大彬这样的听众,浙图也许真的很难找出第二个。

2

听完讲座之后,周大彬往往会去阅读或重读那些课上提到的书籍,他的朋友圈里,经常可以看到读书与听课之间的这种融合与互补。

这么多年坚持下来,聚沙成塔,集腋成裘,周大彬在文学与文化方面的学养与见识,应该早就超过一个文学硕士或哲学研究生了。这样的持之以恒,这样的听课与读书的相得益彰,这样的不懈的精神修行,在如今这个社会里,真是极为罕见。按理说,好不容易有个周末,杭州人要么去西湖边游玩,要么在家里休憩,周大彬却每周必去图书馆,春夏秋冬,雷打不动,水滴石穿,想想真的有些不可思议。到底是什么东西给他提供了这样一种动力,支撑着鼓舞着周大彬持久地修行?我想一定不只是兴趣,事情一定不会这么简单,周大彬的内心准保活跃着一种接近信念的东西,他身上也许赋有一种异禀一样的东西。因为这样的坚持,这样的修行,真的是常人很难想象的,它既与文凭学历无关,也与职业薪资无关,堪称无为而为、无用之用。能够把如此纯粹的超越功利的行为,变成一种日常的存在方式,这样的人,一定有其自觉的生命追求与内在的精神向往。

果不其然。除了不间断地听课,除了多读圣贤书,周大彬还努力让自己成为一个知行合一的人。

比如,他把听到的读到的知识与学养,融入工作与生活,尤其是在教育女儿方面,周大彬更是显现了与众不同的地方。他不像现实中大多数家长那样,让女儿去报这个班那个班,去学那么多只与家长虚荣有关而与孩子成长无关的东西,他与女儿一起读书,一起写作,把作文变成一种有情趣有创意的实践与探索,并把这样的经历和经验与众多家长及学生交流与分享。在此基础上,他出版了多本"作文,我不怕"的系列书籍,它们无疑是对应试的模式化的作文的反拨,既有一种解构的意义,又是一种实实在在的建构行为。

再比如,周大彬非常关心老家庆元的精神文明建设,经常邀请并陪同一些专家与学者到家乡去做讲座、搞活动,亲力亲为,乐此不疲……

3

收在本书中的这些随笔与文章,是周大彬多年来在浙图与杭州国画院听课的产物,也是他读书与思考的结晶,较为完整清晰地刻画并呈现了他独特的精神修行的逶迤轨迹。

我相信,把听到读到的东西,用心血与时间变成文字,不仅是对讲座与书本的进一步反刍与吸收,也是把知识与体会内化为自己的心灵素养与生命积淀的过程。

因此,这些真挚的结实的有感而发的文字,不仅会在精神上感染你,也会在思想上启迪你。

在这些随笔的字里行间,不仅闪烁着思想的火花,也弥漫着情感的氤氲,更透露着自我完善的信念与执着的消息。

　　毫无疑问,支撑着周大彬每个周末去听讲座,支撑其不断学而时习之,支撑其路漫漫之修远的,应该正是这样的执着与信念。

　　　　　　　　　　　　　　　　张才生

　　(序作者为中国作家协会会员、浙江工商大学教授)

目 录

目录

做一个"普通市民"

我喜欢做一个"普通市民",喜爱作为普通人的简单与自在,希望女儿将来也是如此。

这个"普通市民",是 2019 年 4 月 20 日晚参加西湖之声第三届"我们都是朗读者"晚会时,我的身份。当时,我作为读者代表,被安排与浙江图书馆馆长褚树青先生同台朗读。

特别感谢浙图谢贝妮的力荐,让我能与著名表演艺术家吕中,著名语言表演艺术家丁建华,西湖之声主持人孟杨、东磊、天娇等人同台朗读。这次晚会反响还挺大的,好几位同事均来问及此事。

那天,我特意带了一本书,让大家帮我签名,作为永远的纪念珍藏。

最近,我忙着整理龙泉"东乡坑口"的"六妹遗书"。自 2019 年 3 月 15 日发现,到 5 月 3 日捐给龙泉市档案馆,不到两个月时间,我记录了近 8 万字,整个过程非常有意思,也很快乐。

5 月 5 日,龙泉市档案局局长魏晓霞向我提出,希望能为我建立个人捐赠系列文化档案。

好有远见!虽然我是个普通人,但涉及自己的东西,如果有专业人员的保管与整理,真是太好了。我虽是庆元人,但确实对龙泉更有文化归属感,毕竟这里有宝剑、青瓷、司法档案"文化三宝",还有"六妹遗书"这样的奇缘。

是啊,放眼来看,人生的长度总是有限的,每天都在走向那个终点。当自己还有兴趣,又有能力做时,尽量把想做的做起来,以尽量不给后人留麻烦,这也是件大好事。

2019 年 5 月 11 日于杭州曲荷巷 18 号

母亲节听讲小感

今天,母亲节。没妈的孩子,迟早要习惯没有妈妈的日子,也一样要好好过下去。

晨起,依然晨读。读的是《易经》,虽一知半解,但感觉有味。有限的日子,确实要花到文化源头上,以简驭繁,事半功倍。

自发的学习,最有力量,也走得更远。

我依然坚持把晨读内容发朋友圈,天天如此,以期望能影响身边的人,哪怕只影响了一人,也可以。周末,去图书馆,也是这样想的,周周发朋友圈。

但凡美好的事物,积极的学习信号,就是需要这样不断反复地传递。我坚信,定然会有人跟进。

事实也是如此,至少在我的朋友圈里,就有人跟着去读书,也有人走进图书馆。

"孩子,你这读书,就算是帮我读的,也要努力点。"小时候,母亲反复叮嘱我。今天,母亲节,就算是为离世多年的母亲读点书吧。

周末,依然浙图。

从 2019 年 5 月 11 日下午听《梁祝》作曲者何占豪先生的讲座开始,我决定,从今往后,要请主讲们在我的听讲笔记上签名。过去的九年多,记了九本,我竟然都没有想到去做这样一件简单而有意义的事。从今往后,要尽力补上了。

上午,浙江工商大学的张亦辉先生开讲"叙述的奇迹"——直面死亡,好有分量的主题。

在台下坐久了,多次听他的讲座,我能明显感觉到,文学阅读与写作是张亦辉先生的长项,也是他的核心吸引力所在。不过,对他讲的电影,我也是很认真的,还专门先去找电影看,再听其分析,收获特别大。

张亦辉先生的精彩与吸引力,关键在于他有真才实学。在浙图上一堂课"走穴",是容易的,但要坚持连着上十几堂课,那就不简单了。

在我看来,有两点非常关键:一是他博览群书,有着扎实的功底;二是他常常动笔写作,有作家的切身体会,深知其中道理。也正因为如此,他讲课的角度很独特,一场又一场地讲下去,还能讲出新意来,这是很难的。

浙外的顾大朋教授,也是这样的。因此,他们俩一向让我敬仰。

下午,又是三选一,我选了何占豪,尽管我是音盲,对他也不了解。何占豪先生有极其丰富的舞台经验,轻松将二楼大会场的满堂听众吸引住了。

何占豪先生之所以能创作出《梁祝》，也是因为他有博览群乐的厚实基础，以及极其丰富的实践经验。此外，他还深谙"情之所至，音之所在"的道理，是位有心人，能从生活中不断汲取营养。

事实上，要有这样令人折服的真功夫、硬本领，只能靠实实在在的苦干。真理就这么简单。时间淘洗一切，历史自有公论。

为此，我也常时时提醒自己，要把眼光放得远一些，再远一些。

2019 年 5 月 12 日于杭州曲荷巷 18 号

承认普通

在我看来,能在浙江图书馆再次开讲座,特别有意义,特别值得铭记。

4 年前,2015 年 4 月 11 日上午,我曾在浙图一楼文澜演讲厅开讲座。4 年后,2019 年 5 月 18 日下午,我将再度开讲,还是在一楼文澜演讲厅,这是计划中的百场讲座的第八十场。

如此看来,原计划用 20 年完成的百场讲座目标,可以提前到 7 年内完成了。

说实话,作为主讲,我现在比较淡定,只要有一个以上的听众就可以开讲了,不追求"捧场"与"火爆"。

因为根据我在浙图多年的听讲经验,那些场面热闹、火爆的讲座,往往听完后感觉讲得不深,说得不透,只是表面热闹,没有回味。

特别是沙龙式讲座,有多位主讲人,若是又遇上位见识一般的主持人，往往更是蜻蜓点水，听着都觉得特别不过瘾。

倒是那些谦虚的人，往往真的有水平、有实力，令人折服。

如今，我承认自己的普通，承认自己的无用，也许这很"没面子"，但我觉得"面子"一文不值。

我只想做个真实而快乐的普通人，因为，我知道自己想要什么，也清楚自己是个什么样的人。已经得到太多，也很知足了，真的。

有人说，这是贫穷限制了我的想象。而我想说，富贵又何尝不是同样限制了你的想象。哈哈，千万别让偏见迷惑了自己的双眼。

家在庆元龙泉间——庆元县黄田镇。5月15日，我从同村人那里获得喜讯：今年村里连出三位研究生。对，就是那个过年连续三年读《论语》的浙南小山村，那个仅有百来人的双沈村下沈自然村。

这是崇学的力量，也是经典的力量，更是孩子们自己努力的结果。当然，还要感谢诸位热心人持续三年的资助与鼓励。

有人说，要低调，不要宣传。而我觉得，如此大好事，就要宣传，以此来拉动浙南一方乡村的崇学之风。这关系到一个地方与国家之将来，由此让个人来做点"高调"的牺牲，又算得了什么呢？有家，更要有国。不然，民族如何进步？

如果这也不理解,这书不读也罢。

任何事情,要想取得一点点成效,都必须有时间的积累,要有恒久之心,少则三五年,多则一辈子。

捷径,没有的。

2019 年 5 月 15 日于杭州曲荷巷 18 号

浅了，深了

听讲 9 年,久吗? 不久,对于浙图的部分听众来说,还是小儿科呢。他们有听讲 14 年、20 年的,甚至还有更久的。

的确,图书馆,值得坐一生。

对此,我常常感怀,这样一批长年出没在杭州曙光路 73 号浙图里的老听众,几乎人人都是一本厚书,只是或许暂时还没有展示的机会。

面对这样一批有阅历、有学识的听众,这个讲台还真不好上——要是讲深了,太过专业,听众难以听懂;若是讲浅了,听众又不过瘾。

这深深浅浅,于主讲而言,真的不好拿捏,需要实力,也需要艺术。在浙图诸多主讲中,定然也会有高下、长短之分的。

比如 2019 年 5 月 19 日下午,由浙江理工大学数字媒体艺术系刘副教授主讲"数字媒体的艺术"。

数字数码、声光电应用等主题,我很感兴趣,特别是2019年5月杭州市通过的新一轮照明规划——《杭州市区城市照明总体规划(修编)》批复中提出的"黑天空"概念,皆想听听其见解。可惜坐在台下听来,明显感觉讲浅了,整个过程以观看数码录像展示为主,俨然就是数码技术的普及与推荐,缺少了专业思想与研究展示,也未能详细述及对"艺术"这一主题的见解,难免让人感到有些失望。

群众的眼睛是雪亮的。事后,与几位到场的听友交流,他们也有同感。

"今天听刘老师的讲座,大家都有同感,感觉仓促了点,只整理了当下数字科技对几方面的影响,而对我们普通人应该如何更好地拥抱数字科技这方面讲得比较单薄,这是我来听讲座想听到的,唯一有点启发的就是 AR 技术在交通预防上的案例。"

不过,话说回来,这样的情形在浙图里还真的少见。根据往常经验,凡是来自高校的主讲,皆会有出众的思想,因而也一直为大家所期待与喜欢。

那天,我听完讲座后,走出浙图,竟然有丝丝不爽。事后又得知,同一时间,楼上有场精彩的"五四"主题讲座,错过了,真是损失巨大。

有所感,写出来,我这就浅了。

2019 年 5 月 21 日于杭州曲荷巷 18 号

行　头

自行车,帆布袋,笔记本,水杯,外加三五根黑色水笔,这便是我的周末行头,是每周去浙图专用的。

夏天,再加一顶草帽。冬天,再加一副手套。

"读书使人聪慧,沉思让人充实。"这是上海师范大学杨剑龙教授在我笔记本上留下的题词。2019 年 6 月 9 日下午,他在浙图讲座,主题为"五四精神的探索与弘扬——《新青年》封面与插画的文化考察"。杨教授外貌儒雅,声音洪亮,在讲座结尾时,还自荐要高歌一曲,这样风格的主讲,让人意外,也是我第一次遇上。

杨剑龙先生谈到,英国哲学家罗素认为,教育的基本目的是"活力,勇气,敏感,智慧",这于我很有启发。

《新青年宣言》中说:"我们理想的新时代、新社会,是诚实的、进步的、积极的、自由的、相爱互助的……""五四运动"距今虽已百年,但当年倡导的"爱国精神""怀疑精神""批判态度"等,于今日和长远之中国,仍然有用。

"有俯看，有仰视，有平视。"杨剑龙先生倡导的多维度思考方式，特别值得弘扬。

此外，他还说到插画与文化的关系，这一点，我在出版图书，应编辑要求提供和选择插图时深有体会，写文与选图，看似两件事，实则一个理，皆是在努力表达情感。

端午三天假，就一场讲座。够了，至少在我个人看来，浙图工作人员也是人，也要过节、休息。数十年如一日，如此张罗，着实不易。图书馆，于我们这些听众而言，是宝藏，是幸福，但于工作人员而言，却是一个没有周末的工作。

我想，仅无休一项，一般人都会难以接受。至少，我不能接受。因为，每个周末，我都要去图书馆听讲的。

这也算是我内心的"行头"吧。看不见，却真实。

2019 年 6 月 9 日于杭州曲荷巷 18 号

爱上认真的消遣

2019 年 6 月 23 日上午,张亦辉先生在浙图讲"从流行到艺术——王菲歌曲赏析"。

此前,张亦辉先生曾发微信朋友圈说:"本周日上午交流和聆听王菲。已在浙图举办了 30 多次讲座,从国学到文学再到电影,换一下口味,来一次轻松的甚至娱乐的。重点也许不是王菲,而是我所理解并欣赏的王菲。"

张亦辉先生的这个界,跨得确实有点大,不过,讲座效果很好。

自 2013 年以来,在浙图,我听过他从庄子、武侠讲到孔乙己,再讲到叙事的起飞,又谈到电影《小鞋了》《甜蜜蜜》,直到如今讲王菲,几乎场场讲座都人满为患。

"听王菲的歌,要闭着眼听。"讲解与听歌环节穿插进行,引领我们这些听众深入了解他"所理解并欣赏的王菲"。

若是按照张亦辉先生的说法,他在浙图开讲座,便是王菲所唱的"爱上认真的消遣"。

曾记得，多年前，张亦辉先生在浙图讲过"庖丁解牛"。如今看来，他早已成为出色的"庖丁"，胸有成竹，融会贯通，能解开不同种类的"牛"。

"有点感冒，昨晚没睡好……"这是张亦辉先生今天的开场白，他向来坦诚。但他并不翘课，仍然把这"认真的消遣"准备得认认真真，讲得妥妥帖帖，令人信服。

2019 年 6 月 23 日于杭州曲荷巷 18 号

一点感想

到今日下午 1:50，已有 2998 人走进位于曙光路的浙江图书馆，但包括我在内，去听讲座的就百来人。

既然我常去，又喜爱写写，理应要留点记录，留下我个人认为的浓缩与精华，及时分享出去，此举于己于人皆有好处，也算是为国家、为民族，出份微力。

除去黑夜，我的人生七日，五天在单位工作——糊口，两天在浙图听讲——慰藉。前为满足肉体，后为满足灵魂，两者缺一不可。

我的心，常常被这短短的周末两天激荡着。

"阅读历史，感悟历史，反思历史，鉴往知今。"——浙江工业大学人文学院教授王姝。

"读书是汇集，汇集人类的心灵、精神与文化。"——杭州师范大学人文学院教授郭洪雷。

这是今天——2019 年 6 月 29 日,两位浙图主讲在我笔记本上的寄语,这也是他们当天的讲座主题。

我习惯尽量不麻烦别人,犹犹豫豫中,开始在我的听讲笔记本上,请当日主讲题写三言两语,回家后再结合讲座内容慢慢品悟,这样既有启发,又有享受。

短短几句,却是为学为人之精华。

王姝教授主讲"新文学百年:从《故事新编》到历史穿越小说"。鲁迅先生的作品针砭时弊,为民族命运不停鼓与呼。

治学,要有真才实学,要讲真功夫,若是想出类拔萃,要下的苦功夫一点儿也不能少。郭洪雷教授就是这样的学者,他曾将贾平凹 65 万字的作品连过 7 遍。

"时间宝贵,阅读经典。"

"反复阅读,品咂人生。"

"在阅读中赢获一种清明的理性,用以滋养自己的生命。"

这是郭洪雷先生在阅读中获得的启发。

80 岁的浙图听友贾灿园,送我《古今文学名篇》上下册,近日晨读唐诗部分,倍感古人遣词造句之精到。

自我坚定信念,要读下去。

2019 年 6 月 29 日于杭州曲荷巷 18 号

平和之心

"用平和的心态,对待传统文化。"这是今天的主讲郗文倩教授于开讲前,应我之邀,在我的笔记本上留下的寄语。2019年7月13日早上,其在浙图主讲"《春秋》大事年表和'黑'名单"。

此语意味深长,亦是其主讲核心内容之所在,极具启发。

郗文倩是杭州师范大学教授,主要从事先秦两汉文学及文体学研究。

据学友介绍,曾于2019年6月29日在浙图开讲,并给我留言"读书是汇集,汇集人类的心灵、精神与文化"的杭州师范大学教授郭洪雷,正是她的爱人。

言为心声,同时拥有学者夫妻的心得留言,实是我之大幸。

"面对传统文化热,今人该用什么心态对待传统文化?

平和的心态。"

"学传统文化,定然要多问几个为什么。"

"多读书,增强独立判断能力。"

"在学习中,今人要学会屏蔽信息。"

"《春秋》之语言,是极简主义,是贵族语言。"

"何谓'修辞立诚'? 何谓'辞达而已'?"

"不断从根上,吸纳有用的东西。"

"根据已知求未知,了解越多,就越自信。"

…………

郗文倩教授字字珠玑,与我目前之状态特别契合,使我深受启发。

我想,在年轻时放眼看世界,增广见闻,多读古人遗作,多习古人智慧,待到知天命之年,便会胸有成竹,宠辱不惊,自然能有平和之心境。

2019 年 7 月 13 日于杭州曲荷巷 18 号

活着，我是认真的

活着，我是认真的。我时常在心里遥想到那终点——不远。一晃，一生，不多了。一切美好，都不能再等了。

在浙图听讲的第十本笔记本，今晚"收官"了。夜归家，扉页落款、标序、加印，妥善收藏。拍卖？值钱？不，传家宝。

"敦煌是人类的敦煌，敦煌是人类文明交汇的结晶。"——这晚，浙图主讲人，76岁高龄的马竞驰先生在我的笔记本上留下这样一句话。

在开场以后，马竞驰先生就为曾共事二十多年的杭州人，曾任敦煌艺术研究所所长、敦煌文物研究所（后改称敦煌研究院）所长常书鸿先生的第一任夫人陈芝秀叫屈——她绝对不是诸多文人笔下，带上金银首饰，弃夫而去，与一国民党军官私奔的轻狂之人。

这与事实完全不符！马竞驰先生说，多次查问师友前辈，发现陈芝秀当年离开敦煌，是因生活极其艰辛，想暂时回到杭州筹备物资，奈敦煌路遥，无车，迫不得已，才搭乘军官车马离开，不料，途中被弃，身财丧尽。他在寻访中还证实，陈芝秀当年在莫高窟一带众人眼中，极为友善，口碑之好，众人一致认可。

冷暖自知，无须辩解，外人哪能懂？先贤远去，敦煌仍在。

在浙图，多年，多次，听闻敦煌故事，甚是感慨。我竟然，也还平静，从未有过去看看的冲动。

"沟通作者与读者，陶冶思想与情操。"这是浙江大学人文学院院长楼含松先生给我的寄语。2019 年 7 月 20 日上午，他主讲"良训传家久，清风继世长——略谈中国传统家训文化"。楼含松先生极沉稳，不露形色，只在谈及一个月前去世的严父时，眼中含泪，我坐在第一排，看到了。

下午，先由邓洪波先生主讲"王守仁的书院观"，尔后，由他与吴光、马士力三人主讲"对话王阳明教育思想与实践"。

我也请三位主讲分别给我留言。

"书香文澜。"——湖南大学岳麓书院教授邓洪波

"实事疾妄，知行合一。"——浙江省儒学学会执行会长吴光

"求知善行。"——绍兴市阳明小学校长马士力

或长或短，皆真知灼见，仅一言，我便受益无穷。

2019 年 7 月 20 日于杭州曲荷巷 18 号

被顺走的自行车

一夜醒来，发现楼下车棚里的自行车被顺走了。就是那辆后轮钢丝常断常换的自行车。这是迟早的事，因为我没上锁。

这天是 2019 年 7 月 27 日，周六，晴热持续。

热天里，自行车被顺走了，于我是没有什么影响的。因为家里还有一辆小小的永久自行车。那是早年女儿骑过的。把坐垫升高再升高，我也能将就骑。生活，是需要将就的，要如野草一般坚强，不论在哪儿，都能长得好好的。

自行车丢了，我竟然有几分解脱感。

这下好了，以后再也不用每月跑去那个修车点换钢丝了。但愿修车小哥新进的一大把钢丝不会积压，还有人如我一样常光顾他的生意。

生活，要继续。

没了自行车，不会影响我周末继续去浙图。

早上，是王修水先生主讲"何为健康建筑？——聊聊建筑与您的健康的那些事"。下午,是金旭先生主讲"浩瀚艺海,精妙所在——谈如何提高书法欣赏水平"。他俩分别在我的听讲笔记本上留言:"让建筑更美好！更健康！""日益精进。"

要日益精进,还得持之以恒。听一次讲座,只是入门,开了个头,功夫还得自己下。

前行人生,能与我相伴的,其实很少,一辆自行车,一本书,一个人,一些事,几盆草——办公桌上的小绿植,我一养便是三五年,准确地说,是我对它们日久生情。

一切美好,拥有时,要珍惜,消失后,要淡然。否则,还能怎么样呢?

午间,写毕文章后,我下楼给补习的女儿送饭,却发现,自行车已停在车棚里,似乎从来没有不见过。

生活,如此有趣。

2019 年 7 月 28 日于杭州曲荷巷 18 号

一两句，就够了

章太炎先生曾说："学问须有自己意思。专法他人，而自己无独立精神，大为不可。"

话不必多，有一两句格言，记住，用好，就足够受益一生。交友、读书，亦如是，不必多，合适的，经典的，就有力量。

"真水无香。"——于良子

周六下午，于良子先生在浙图开讲"从古代饮茶方式看茶文化的流变"，这是我请他在笔记本上题写的寄语。

一切"真"，皆为大美。

我多次听于良子先生讲茶，显然，他深深受益于古人的茶书、茶话、茶事。

"茶，从食用、药用，到饮用，再品饮。这是从求生存，到最后求意味的过程。"

"茶的文化性格之形成,要有茶事引申(历史积淀)、茶品引申(自然存在)、审美引申(人文背景),此三者核心皆在于思想。"

"熟知茶道全尔真,唯有丹丘得如此。"

我不懂茶,是十足的外行,仅听过一些茶课。听完于良子先生的课后,我勉强读了几遍《茶经》,竟开始有些喜欢研究茶了。

我也常常一瓷、一茶、一书、一乐,晨读自娱。至于喝的茶,不论价高价低,仍停留在牛饮解渴的低级阶段。

在我看来,一切能滋润我心者,皆是上等好茶。

2019 年 8 月 17 日于杭州曲荷巷 18 号

记之，以呼唤

　　如果生命只有七天的话，那么至少有两天，我是充实的、幸福的。

——题记

一

　　一个周末，浙图足足有 13 项文化活动，真是"富"到近乎奢侈。

　　周周听讲的，至少有三分之二是老面孔，因而多场开讲，于老听众来说，选择困难。

　　当然，这是身在省会城市杭州的优势。要是在老家庆元等偏远县城与乡镇，可能一年都没有一次如此高规格的文化交流活动。

　　浙图讲座也是最近才变多的——良渚古城申遗成功了，为此，每周临时新增三场良渚文化系列讲座。

　　这一天，我选择如下：

9:30,浙图一楼文澜演讲厅,讲座"迟子建的叙述——《群山之巅》等作品赏析",主讲:省作协散文委员会委员张亦辉。

14:00,浙图二楼集体视听室,"良渚文明丛书"系列讲座"良渚时期的古环境与动物资源的利用",主讲:浙江省文物考古研究所宋姝。

19:30,浙图一楼文澜演讲厅,讲座"我们需要什么样的中文系——《文学杂志》与中国文脉",主讲:著名诗人、学者徐晋如。

三场讲座,场场精彩,不吐不快。

二

张亦辉先生开讲,定然是我的首选,因全是原创的独到见解。

台上主讲与台下听众,定然也会有一种期许的,是等待,是坚守,是鼓励,更是美好。

说起作家迟子建,张亦辉先生对她的评价非常高。

"她一直在坚持,纯文学,小众的。"

"天生的作家。"

"当代创作状态最稳定的作家。"

"她的笔下,是美好的,总用温情的眼光,看待一切人和事。把人和事往坏处写易,往好处写难。"

"字字精准，有诗意，又有生活化。"

⋯⋯⋯⋯⋯

张亦辉先生讲课，就像演奏一首曲子，他是指挥，到了高潮部分，他定然会配以极其丰富的手势。他总是很投入，也很真诚。

在我看来，他的难得之处，在于能不断将我们听众引向深处。他讲出的，皆是他自己读书时独到的发现。他不仅告诉我们哪句、哪字用得精到，还会告诉我们到底好在哪里，为什么这么好。

这可都是他慧眼的独到发现，显然，这是再创造性的阅读。相比之下，我自己读书的结果就相差甚远，需要改进。

在我看来，主讲不仅是在讲授知识，更在展示学识与风采，并以此来影响、感染，甚至是震撼听众，从而使听者有所悟。总之，我是听到一半，就有强烈冲动，要去读一读迟子建的作品。

"呼唤终能听见。"这是张亦辉先生给我的题赠，意味深长。

我终究是学不了迟子建的，也是成不了张亦辉的，我还是那个我，但我却能从他们身上接收到一种力量。

三

2019 年 8 月 24 日下午 2∶00，听浙江省文物考古研究所宋姝女士讲述"良渚时期的古环境与动物资源的利用"。

长发,戴眼镜,身材娇小。光看外表,我怎么也想不到,这位"90后"弱女子,竟然要长年与各种各样的白骨打交道——她的专业是冷门的动物考古学。这天,她的爱人兼同事姬翔先生也来了。

听讲完,我特意买了本书,并请他们夫妻签名。算是支持吧,也算是鼓励。否则,这么有意义的工作,显得太孤单。

"寻回过去的意义,把握未来的方向!"这是宋姝女士写在书上的赠语。

年轻真好!每每看着这些台上有学问、有行动的年轻人,就难免兴奋,真是国之大幸,将来之希望。

四

今天,这个讲座主题"我们需要什么样的中文系——《文学杂志》与中国文脉"吸引了我,主讲是诗人、学者徐晋如。

徐晋如先生引经据典,挥洒自如,结束时还唱起昆曲,又研墨为人签名,如此行事的,在浙图,我仅遇见他一人。我因提问,还获赠"文澜一脉"墨宝,甚是喜欢。

徐晋如先生直陈观点,句句犀利:

"文学根本就不需要研究,文学只需要体悟、欣赏、仿作乃至创作。"

"近年来,大学重视科学,而忽视了人文。"

"大学中文系的目的是培养中国文化的传承人。"

"中文系应是中国文学艺术系，而不应该是中国文学论文系。"

作为受国学滋养的年轻学者，若他能再多一点点"温良"之儒气，就更完美了。

五

周日，闷热，有雨。

我对于祖国的"文化自信"，也是在浙图周复一周的听讲中，慢慢地感知和确立起来的。

今天早上，听浙江省文物考古研究所夏勇主讲"良渚人的'字'"。他也是位年轻的小伙子，不太善于言辞。

"感谢您的前来，希望能够对我批评指正，共同学习良渚文化，鉴古识今。"夏勇先生的寄语，多好！

五千年良渚文明，如此厚实，又何惧？

今早我竟与考古手绘大咖方向明先生同桌，于是，请他帮忙画幅"鸟立高台"。不到一分钟，他就搞定了。拿到画，我满心喜欢，对知识文化的敬重，又多了一点点。

午休后，去听了浙江大学世界历史研究所副教授吴彦主讲的"'一带一路'沿线地区的政治经济状况与中国外交战略"。

吴彦副教授看起来很年轻，她语速很快，激情四射，一气呵成，众人无不叫好，门口也站满了听讲的人。

　　显然,若是没有真才实学、深厚积累,以及对本专业的高度热爱,是绝对讲不到如此精彩的。

　　每每遇到这样才华横溢的年轻学者时,我就会在心底庆幸:这真是国家之将来与希望所在。

　　两日,已逝去。

　　记之,以呼唤。

　　因为,"呼唤终能听见"。

　　　　　　　　　　2019 年 8 月 25 日于杭州曲荷巷 18 号

是的，不遥远

　　"我们任何一种生活都可以过，因为我们可以由自己给予它深沉永久的意义。"这套丛书（"中华人生论美学经典悦读书系"）的导读中，引用了美学家宗白华先生的名言。

　　这是下午的主讲人，浙江理工大学中国美学与艺术理论研究中心主任金雅送的——我拿到了两本，一本是《梁启超趣味人生论美学文萃》，另一本是《朱光潜情趣人生论美学文萃》。

　　只要现场填一份问卷，就能获赠一本书。坐我边上，网名叫"辉哥"的听友，还送了我一本，甚是感谢。

　　这套书共四本，我都想要，也有兴趣读，可惜不好意思再上去要了。

　　拿到书，要到签名，听讲完，回到家里，晚饭后，沏上茶，在台灯下，读起来。

　　有讲座，有好书，这也不失为"深沉永久的意义"。讲座，只是引子，只是开始……

"爱美是人类的天性。"金雅如是寄语。若不是她的讲解，我还真不知道梁启超先生还有"趣味"审美之核心。

梁启超认为，"审美本能是我们人人都有的。但感觉器官不常用或不会用，久而久之麻木了。一个人麻木，那人便成了没趣的人。一民族麻木，那民族便成了没趣的民族"。而美术的功能，就在于使这种麻木状态恢复过来，令没趣变为有趣。因此，梁先生虽不要求"人人都成为美术家"，但他认为人人都可以是享用美术的"美术人"。对于普通人而言，可以通过美术来进一步锐化感受力。对于美术家而言，他们往往拥有比常人更敏锐的感受力，除此之外，他们还能创造出美术作品，将富余的趣味感受"分赠我们"。

一场秋雨一场寒。

8月31日上午，先是听了南京大学博士吴志坚讲"善待孩子"，然后去二楼听陈洁文主讲"您的营养正确吗？——聊聊疾病与营养的那些事"。这讲座是纯知识性的，要是能补充点临床实例，那就比较有趣了。

9月1日上午，听了浙江文物考古所所长刘斌先生主讲"寻找消失的文明——良渚古城考古"，这一系列讲座，若是全程听完，估计要成现代的"良渚人"了。

"五千年并不遥远。"刘斌先生说，五千年其实很短，以25年为一代，也就是200代人。

下午，送女儿去富阳的杭州黄公望高级中学——开学了，女儿人生第一次住校了。我说，这枚风筝，终于放出去了。

转眼，女儿已是高一学生。小时候做着作文 PK 的"文学梦"，现在成了黄公望中学美术生——她喜爱动漫，如愿了。

我们的美术梦，在她这里传承，想来也是有趣的。

愿我的孩子，能不负学校之盛名，将来能成为一个享用美术的"美术人"，造福国家、民族和自己。

2019 年 9 月 1 日于杭州曲荷巷 18 号

致　谢

——围观与沉默

"向自然学习吧,她是当之无愧的老师。"——余节弘

"草木有语,生活有趣。"——小丸子(林捷)

今天下午分享的主题是"怎么观察一棵树——探寻常见树木的非凡秘密",这是下午两位主讲的寄语,意味深长。

有非凡秘密的,又何止是常见树木? 只是你我走得太快了,忽略了那些美丽与秘密。

这天下午,我还听了一场"九月赞歌颂师恩——教师节朗诵会",一群来自浙江传媒学院播音主持艺术专业的大学生带来了精彩表演。听众虽少,但年轻真好,有活力,有梦想。

这是一个国家的希望所在。

我一介书生,在苟且与疑惑中,也常自省自问:短暂人

生还能做点什么？为自己，为民族，为将来。大朋教授曾说过，读书人是要报效国家的。我，记住了。

今天，手机不离手，心乱掌酸眼花，忙着为庆元典藏《四库全书》做众筹。到晚上 8 点 04 分，筹到了 8266.4 元，有351 人参与。

整整一上午，我都在动员。可以肯定，这是我有生以来对朋友圈惊扰最大的一次，但愿是最后一次。有人不解，有人围观，有人沉默，甚至有人拉黑，皆正常。

其实，我是一个极不喜欢麻烦别人，更不喜欢求人的人，但这次我说服了自己，下定了决心，一一打扰，因为，数目实在太大，任务实在太艰巨了——整整 36 万元。

我已经回想不起来这次众筹是因何而起的了，与毛茂丰、顾大朋聊着聊着，就决定行动，低着头，鼓起勇气，向前，再向前。

1559 册！3.1 吨！我常想，这样一套规模庞大的四库全书，收藏在大山深处的庆元，一摆一放，即便一册也不打开，远远看着，也有让人惊叹折服的力量，有让人低头崇学的力量，多么美好！

路，是自己选择的，且又自认为是有意义而美好的，总要咬牙走下去。美好的事，尽管大家心里都是知道是美好的，但总要有人起个头，一点点去做起来。

2019 年 9 月 7 日于杭州市曲荷巷 18 号

白露，知光阴

　　"今天我生日，不请客不吃饭，和大彬老师一起，为山区的孩子和教育事业捐款众筹《四库全书》，才是真正有意义的事情！"这是龙泉人郭昕哲先生今天的选择。于我而言，这又是一堂生动的课。他说，给村里孩子 500 元，另外再支持《四库全书》1000 元。

　　龙泉庆元本一家。今天，龙泉人李绛先生也捐了 1000 元。他早就给我上过一课——曾捐资千万元在龙泉设立爱心基金。

　　80 岁的贾灿园老人也捐赠 500 元。她是老图书馆人，深知这套书的悠远力量。

　　到 2019 年 9 月 8 日 20:21，由我渠道筹得的 441 笔共 13218.73 元众筹款项中，郭先生和李先生这两笔捐赠是单笔数额最大的两笔。三天总目标 36 万元，除腾讯基金配捐外，已筹到 6694 份捐助共 193982.48 元，达 53.88%，尚缺 166017.52 元。简单的数字背后，凝聚着许多人的力量。

对于这样的成果,唯有知足与感恩。

众筹一套《四库全书》,于 21 万人的小县城庆元而言,是前所未有之文化盛事。参与过后方知,要想做成一事有多困难,绝非一般人所能为。毛茂丰先生是众筹总指挥,他说,有了这样的经历,心都清澈了。作为参与者中的普通一员,我倒是能从中找寻到一种存在的力量,能从深处滋润并推动生命缓慢前行。

尽力而为,谋事在人,成事在天。

"知光阴",这是今天的主讲人——杭州文物保护管理所卢英振先生赠送的墨宝,是为互动特意准备的。我一看就喜欢,第一个高高举起手,如愿以偿。他的讲座主题是"行在盖起太平楼——南宋都城房屋兴修与分配"。

下午,是浙江中医药大学高静芳女士主讲"解忧心晴故事荟系列:爱的起航"。我在浙图至少听过三回她的讲座了,第一回印象最深刻。

"有爱的心,传爱的知识,期待爱的收获。"她今天给我的题词很应景。

白露日,在浙图,在人间,既然还活着,就要来个美妙的选择——知光阴,赏光阴。

谨以此文,致人间美好。

2019 年 9 月 8 日于杭州曲荷巷 18 号

那年，也这样

台上人讲得好不好，听众最有发言权。

作为坚持坐第一排听讲近十年的浙图听众，在我看来，要判断主讲水平之高低，很简单，就三个字：静、快、想。

静，即听众们自始自终都很安静；快，即听众们总感觉时间过得特别快，猛然发现已结束；想，即听众们听完后还想再听，或者想还能做点什么。此三者，又要数最后一个"想"字尤为关键。因为，这能自觉打开一扇悠远而长久的大门。

今天上午，浙江工业大学沈克先生主讲的"徐悲鸿的人与画"，就三字兼具。

讲座结束后，我立即上楼借了三本关于徐悲鸿的书。这是被点燃的冲动，唯有毫不犹豫，立即为之，方能成事。

沈克先生主攻国画山水，他年近六旬，谦和健谈，极有见地。他主张大器晚成，认为书画家没六旬很难成为真正的大师。这于58岁离世的徐悲鸿先生，在艺术上而言便是遗憾。沈先生认为，徐悲鸿先生最有名的马，实是应景之快著，并不能代表其最高水平。

"穷造化之奇。"开讲前，沈克先生应我之要求，引用了徐悲鸿先生后人的名言，题写在我的笔记本上。

课之后，有余音，有共鸣，有收获，更是美妙。

本周，仅参与一场讲座，收获却一点也没少。

上周听完浙江理工大学金雅女士的讲座后，获赠几本书。最近几天，翻读其主编的《梁启超趣味人生论美学文萃》一书，颇有共鸣。

难得打开电视，正巧看到小提琴协奏曲《梁祝》作者何占豪先生在讲述创作故事。今年 5 月 11 日，何占豪先生来浙图做讲座，我也去听了。我立即翻找出当时的笔记本，上面还有他的签名，本已模糊的记忆瞬间清晰，隔着屏幕，也有些激动。

正因为何占豪先生广搜博采各家乐曲之长，才能创出经典之作。此与梁启超先生在文献学上"求真、求博、求通"的三大标准，实为殊途同归。

他们是名人，更是智者，如今，我们能站在他们的肩膀上，除了幸福，唯有感激。

2019 年 9 月 15 日于杭州曲荷巷 18 号

秋风起，是周六

阵阵风，丝丝凉。秋风起，是周六。

2019 年 9 月 21 日夜，在杭州吴山广场附近听完中国美术学院钱伟强先生导读《左传》的一节课，倍感自己知之甚少，更慨叹我国传统文化之厚，当信之、惜之、习之、用之。

这是钱伟强、顾大朋夫妇创办的"钱氏国学"《左传》导读班。我早早闻名，也早早想去，只是想到这是他们创办的 5000 元 10 课时的收费班，自己未曾交钱，去蹭听，实在有些说不过去，更是于知识大不敬，索性也就不去了。今恰巧路过，感受一节，感慨良多。

交这点钱就能听他俩的课，绝对是物有所值，只是于我这样习惯于浙图蹭课的人来说，竟然舍不得出这点钱，特别是孩子上了高中后，每月更加紧巴巴了——连我这样爱学习的人都舍不得掏钱，也真不用苛责"连本书也舍不得给孩子买"的人了。

梁启超先生说:"以趣味始,以趣味终。所以能为趣味之主体者,莫如下列几项:一、劳作;二、游戏;三、艺术;四、学问。"如我写作、读书、赏音乐、赏瓷、听讲等等,自娱自乐,倒也值得一为。

我常常想起龙泉师范学校恩师李易飞在毕业典礼上说的话,对我影响挺大的。他说,钱,不用太多,够吃,够用,还能买点想要的小物件,就可以了。

下午,是浙江大学求是特聘教授董平讲"天泉证道与四句教"。

"无善无恶心之体""有善有恶意之动""知善知恶是良知""为善去恶是格物",王阳明的"四句教",对我启发很大。

董平先生个性十足,他背微驼,发稍稀,脱稿讲课,声音高亢,激情四射。

开课前,我上台请其签名,不料被拒,理由是"笔记本不行,除非是我的书"。此是我第一次遇见,也正常。不过,有趣的是,当我打算回家时,在大门口又巧遇他,他正与几位学生样的听众聊得起劲。我再一试,他竟爽快签名了,真是个惊喜。

秋风起,是周六。

2019 年 9 月 21 日于杭州曲荷巷 18 号

别单衣，是周日

秋风起，别单衣，是周日。又记完一本笔记本，一数，第十一本了。贴上标签，理一理，珍藏好。

这些笔记本上，有签名，有寄语，在我看来，都是无价之宝，值得代代相传。有人说，我是"大富翁"。确实，我不穷。

有人说，就数我特别好学。显然，说这话的，都没常常走进浙图听讲。在诸多听友中，我的听龄肯定不是最长的，至少有半数人的听龄长于我，我想，他们的学识定然也是要高于我的。

总之，我认为，能常常来浙图听讲的，都是如董平先生所言的"正在通往寻求正道上的人"，不说别的，就连互动时的提问，也常常很有水准。

"又见老友，甚喜！清秋喜乐，一切顺意。"周日早上，杭州师范大学郭梅教授为我留下寄语，这天，她在浙图主讲"到了千年不觉陈——说不尽的《红楼梦》"。

老友？我和她，其实才第二次见面。依稀记得，上次，她主讲端午习俗，也在二楼，我也坐第一排临窗的位置。结束时，我还提了个有关浙南龙泉对待离世之人的习俗的问题。

她，在台上；我，坐台下。就这样，成了"老友"，这很美妙，我也很有福气。

说起《红楼梦》，家里有，是我特意从浙图门前旧书摊上淘的，很便宜。说来惭愧，随手翻过，却没读完。我还听过蒋勋的《细说红楼梦》，每天睡前听一集，算是对《红楼梦》略知一二。

下午，浙江大学人文高等研究院李杭春教授主讲"郁达夫的教书生涯"，我对她讲的内容做了一些要点记录：

"郁达夫，富阳人。北大时的边缘人。是个语言天才。"

"热情，旷达，博学多才，不修边幅，喜欢热闹，爱交朋友。"

"重视个人体验，强调生活积累。"

"生活与艺术紧抱在一块。"

"丰富而不重复的生活经历为作家提供源源不断的写作灵感与素材。"

"教书是有识无产阶级的最苦的职业。"讲座结束后，李杭春教授引用郁达夫的话来寄语。

确实如此，教书的苦，我体验过，足足五年。

秋风起,别单衣,是周日。有今贤引领,走近先贤,甚喜!见贤思齐,特记之,以自勉。

2019 年 9 月 22 日于杭州曲荷巷 18 号

有梦想，迟早会发芽

浙图，是个好地方，特别是于我而言。周末，我只要一进去听讲，必然感慨万千，文思泉涌。

2019 年 9 月 28 日，周六，早上，浙江传媒学院王福生教授主讲"凝练的语言，俊美的诗篇——有声语言艺术和古诗词的诵读"。这是文澜讲坛第九五一期，也是浙图文澜朗诵团组织的"朗诵名家面对面"系列讲座之一。

"语言艺术是项造势性的工作，我们共同来传承发扬。"王福生先生给我手书寄语。

"有声语言艺术的核心：达意、表情、言志、传神。""群诵，难度更大。"听起来条理清晰易操作，但要转化为自我的本领，理论和实践中间还隔着十万八千里，要下许多功夫。

下午，浙江工业大学张留峰先生主讲"西方 19 世纪的油画艺术"，他如放电影般，将数百张油画名作一一呈现在观众眼前，让我过足了瘾。

"在生活中多一种审美的诉求,内心就会多一份喜悦和快乐。"诚如张留峰先生的寄语,让美好与优秀占据眼睛,总是一件好事。

互动提问环节,一位着红衣、二十出头的女听友的提问,给我留下了极为深刻的印象。

她说:"十三岁那年,我特别想学画画。但爸爸说,学画将来没饭吃,不让学。可是这么多年过去了,我那颗种子仍在发芽,现在依然很想学,该从哪里入手?"

瞬间,我被打动了。原来,只要有颗梦想的种子,迟早都是要发芽,要破土而出的。

对,有梦想,定然是要去实现的,人生太短,别留遗憾。

2019 年 9 月 28 日于杭州曲荷巷 18 号

学以明己

　　人生识字忧患始。观事观人,有感而发,不吐不快,若能顺带娱人一二,也算是万幸。

　　程志丹说:"一个人与世界相处的方式,是由他的认知水平决定的。认知水平越高,越懂得与自己和平相处,也越懂得接纳环境的变化。这也是为什么,读书多的人,看上去都是一副云淡风轻的样子。"

　　道理说说都懂,但要转化为行动,且持之以恒,距离还有十万八千里。因此,读书的重点与难点还不在于"熟读精思",而在于"行之事业"。

　　近年来倍感时间过得太快,余生太短,定要多读点书以明己,即便少壮时不努力,老大也不必伤悲。

　　常有人说,书太贵。我也曾这样想,但相比房价,买书这点钱什么都不是。我常常想,如果书如房子般金贵,将是什么样的光景?

　　先买了,放着,或许某一天,因某种机缘,想到了,行动起来,打开了,便开启了一片光明。在浙图听讲,我常常有这样的机缘——有主讲点到,我便会生出读书的力量与冲动,诸多主讲,成我之"书引"。

10月12日上午,浙大孙英刚教授分享"犍陀罗美术之美",很有启发。多元交融最终集大成者,方易成就高峰,于国,于人,皆如是。课后,我购买了一本孙先生的著作《灿烂辉煌的开放世界:隋唐五代》,并请孙先生在扉页留下寄语"课业精进"与签名,珍重收藏。

10月13日上午,在浙图听浙江省发展民办教育研究院张阔先生分享"跨界共读,突破认识壁垒"。他主张"悦读无限"。

下午,上海师范大学虞云国先生主讲"宋高宗南渡与绍兴体制"——功过是非,如今全都化成了历史烟云。《杭州日报》姜青青先生是本场嘉宾。

"诸法无常,诸相非象。"——孙英刚

"悦读无限。"——张阔

"文史益人。"——姜青青

"读史明智。"——虞云国

四位主讲,四条寄语,如听四节好课,似读四本好书,意味深长,受益匪浅,值得珍藏。

学以明己——这也算是自我寄语吧。

2019 年 10 月 13 日于杭州曲荷巷 18 号

霜降后点点感

10 月 24 日，霜降，此日后，天气骤冷。

"伴着花香，好好读书。"多彩深秋，有饭吃，有课听，有书读，此生足矣。

连日来，晚饭后，台灯下，用龙泉瓷茶具沏上茶，配上古琴曲，提起毛笔，写上两页字。墨香里，倍感写毛笔字之大不易，于是对前贤学者又多了几分敬意。读书、写字，反复为之，努力去接近古人气韵，触摸中国文化脉动。

2019 年 10 月 26 日，周六，再访浙图。

上午，浙江工业大学彭远方教授主讲"听远方谈谈读诗的那点事儿"。听完讲座，还收到彭教授寄语"以拙为巧，是为大彬"。

下午，中山大学博导张卫红教授主讲"王阳明与江右王学"。她讲得深入浅出，有故事性，也很能启发人思考，在我看来，是难得的好主讲。

时下兴起"阳明热",今年在浙图以王阳明为主题做分享的就有不少,但我听下来的感觉是,其中大部分越听越糊涂,云里雾里,使我悄然滋生了对"阳明学"的恐惧与排斥。

事实上,这样的大众课堂,就是要把高深的知识讲得简单明了,照顾各个层次的听众。当然,深入浅出,需要真功夫和高水平。在我看来,张卫红教授做到了,至少我听了她的讲座后,有了深入了解王阳明的冲动与行动。

"①成功法宝——心灵的智慧、定力和力量(仁、智、勇);②修身是仁、智、勇并进,重新认识心性之学;③未来,心灵大用开显的时代。"她最后这样总结。

在互动中,张卫红教授坦言,过去努力读书,想要的很多,不想最终还是落到中国传统文化上。结束时她说,如今,深感做个普通人真好,做个普通老师真好,真实,踏实,有价值。

"德不孤,必有邻。"讲座后张卫红教授给我题了这六字,颇有深意。

10 月 27 日,周日下午,王伟平和她丈夫范捷平主讲"反弹琵琶:用异文化视角讲述中国故事",讲述法国摄影家阎雷三十年间记录和再访中国的故事。

分享中,有一句话我印象特别深刻,那就是"阎雷先生说,这三十年前后中国人最大的变化,就是笑容越来越少了,大家都忙着挣钱去了"。王伟平还说,阎雷先生很少笑,为此,拍摄时总想方设法,让他高兴起来。

我始终坚信,在中国土地上孕育出来的文化,一定是最适合中国人的。

2019 年 10 月 28 日,周一,阴,宝石山秋意浓,特别适合午后登高散步,捡拾秋叶。

夜里,又在杭州北山街 38 号听顾大朋教授讲《论语·公冶长第五》。时隔五月,再次上课,众人齐聚,书声琅琅,令我兴奋不已。顾大朋老师的课,依然真诚、明晰、动人。

在如此年纪,还能有书读,想不幸福也难。

2019 年 10 月 29 日于杭州曲荷巷 18 号

一根"烂木头"，冷得有点慢

温暖，少雨。2019年的杭州，冷得有点慢。

在我看来，晴西湖、雨西湖、夜西湖，都比不上秋日西湖的风景之丰富多彩。当然，这是多年午后于宝石山散步，反复对比后得出的个人感受。

准确地说，不仅仅是一个西湖，还有山、树、木、人等，一起构成了完整的秋日西湖，方能给人如此完美的感受。

坐落于杭州曙光路73号的浙江图书馆，拥有三个分馆——孤山分馆、大学路分馆、南浔嘉业藏书楼，均为全国重点文物保护单位。这就是我的"浙图大学"。

在我这个听讲人看来，能在这里主讲的，当为"智者"，亦为"士"，应为"先忧"之人。

古人有言："智者不失人，亦不失言。""士不可以不弘毅，任重而道远。""先天下之忧而忧。"

远见、思想、胸怀、担当，在任何时代都是不可或缺的，也是不会过时的。

2019 年 11 月 2 日 9:30,我在二楼集体视听室听浙江省委党校邱巍先生讲"中国共产党与中国道路的伟大探索"。党史课很难讲,他却讲得既专业又生动,着实不易。

14:00,浙图一楼的文澜演讲厅,有"文澜读书岛"第 43 期活动,由来自宁波的小山先生(胡冬平)分享"每个人心中都有一片森林——读《林中四季——一位博物学家的自然观察笔记》"。英国作者查理·弗提坐在小木桩上,长期观察自己的林地,写成了这本笔记。

"在一片森林之中感受万物共生的思想。"

"生命之间是如何互助与竞争的。"

"一根烂木头就是一个小宇宙。"

主持人仍然是戴着"小而厚的眼镜"的劳月先生,这是他退休后的快乐活儿。眼下,他时常主动走出浙图,去融合,去开拓,从城东到城西,从城南到城北。

在杭州,劳月先生这样的热心文化人有不少。他们有痴心,爱读书,乐分享,持续推进阅读分享,于国于人于己,皆是件难得的大好事。

主讲小山先生从事人力资源工作,是一位业余植物爱好者。此前,他曾在浙图分享过"茶叶大盗",我也印象深刻。

"1.持续定点观察才有所成。2.系统研究才能理解自然之道。3.博物研究要见物见人见历史。"这是主讲小山先生读完《林中四季——一位博物学家的自然观察笔记》后得到的三点启示。他还特别强调:"有了人,才有趣。"

"悠然草木间,心悦大自然。"小山先生为我写下寄语,这是他的心里话。

一个美好的周末,一个美好的下午。

书里的、书外的,台上的、台下的,这样的一群人,日子过得肯定都不会太糟,恐怕更多的是要常常慨叹生命之美好、人生之苦短。

听完讲座,我想,听众何尝不是"烂木头"?而彼此间细微之区别在于,有人长期坚持,用心记写,努力"行之事业",让自己的"小宇宙"大些,再大些。

我也算是"烂木头"吧,一根横在"浙图大学"第一排的"烂木头"。劳月先生,也是。小山先生,也是。大家都是"烂木头",一根,一根,横的,竖的。

就这样,一群"烂木头",在这个冷得有点慢的深秋里,有说有笑,还挺开心的。

明天,也就是 11 月 3 日,一年一度的杭州马拉松比赛要在附近的黄龙体育中心开跑。明天,将有另一群"烂木头",在冷得有点慢的深秋里,狂奔……

2019 年 11 月 2 日于杭州曲荷巷 18 号

不听讲的周日

就今天,2019 年 11 月 3 日,"浙图大学"停讲,因要让位于在附近举行的杭州马拉松比赛。

想不到,没去"浙图大学"听课的日子,是如此的陌生,甚至有些不适。

原来,时间竟然可以过得如此慢,看会电视,玩会手机,翻会书,听会歌,喝杯茶,睡会觉,一觉醒来,才过去一个上午。努力想想,我上一次如此空闲,是在什么时候?

过去的无数个周末,我都是六点半起床,晨读,吃早饭,然后,泡在"浙图大学",四个半天的课,排得满满的,午间,回家吃饭,小憩。到了晚上,把玩青瓷,泡上一壶茶,放点音乐,再写点听课感言,这一坐下来,敲敲打打,修修改改,码上三五百字,几个小时,很快又过去了。

总之,每一分,每一秒,都是自由的,很真实,也很美好。

年过四十,念及可能的生命余额,需倍加珍惜。该如何把仅有的时间花费在我认为美好的地方上去?

宅家，独处。这些年来，对于外界，对于热闹，对于繁华，对于吃喝，我似乎已建立了"免疫"，提不起精神，也没有什么兴致，更喜欢待在家里。

再次下决心提起毛笔，是从 2019 年 10 月 11 日开始的。我努力说服自己，每天晚饭后，临两页纸，共四十八个字，标上日期。

过去，我也练过毛笔字，但决心不大，也不够认真，总是半途而废。这次重启，想试一试，坚持下去。哈哈，这"横平竖直"，还真不好写。

也不是为了什么，都这个年纪了，若是还梦想着成"家"成"师"，那就是大笑话了。无非是自娱自乐，主要是为了有事做，对自己的时间与生命有个交代，为过去的分分秒秒留下一点点痕迹。至于什么比赛、展览等等，我全都没有兴趣。

早上读经典，晚上临毛笔字，空时写点东西——我要尽最大努力坚持下去，这是我"浪费生命"的方式。这是一场我自己选的修行，无悔。

台灯下，练字，写文，看书，我喜欢放上音乐，一首，又一首，都挺优美的。

不想，已是 21:44 了，不早了，准备睡了。哦，还得听听蒋勋的《细说红楼梦》。

2019 年 11 月 3 日于杭州曲荷巷 18 号

宝石山下，有小志趣

自来杭州后，我一直在读两所宝石山脚下的免费"大学"，一所是曙光路73号的"浙图大学"（浙江图书馆），另一所是北山街38号的"杭画大学"（杭州国画院）。这，有保俶塔为证。

前者，每周末集中开课，主讲来自五湖四海，内容包罗万象，我读了九年。

后者，每周二晚上一节课，一书一师，书是《论语》，师是顾大朋教授，我一上就是五年。

还有笔记本为证——十一本，外加感言若干篇。课，我都去上了，笔记也都记了，还坚持占着好位置——第一排。

这"大学"，这主讲，这课程，在我看来，堪比"双一流"大学的水准，无奈我这个学生天分低，一直没啥长进，仍在原地踏步，没能为国家、为社会做点贡献。

我笃信母亲生前说的那句话："儿啊，你千万要记牢，只有知识本领，学到了，才是你自己的，别人谁也别想拿走。"

只要还活着，课得听，书得读，日子也得照旧，笑着过下去。

"中国GDP在世界的占比：1800年，32.9％；1840年，29％；1945年，4％；1978年，4.9％；2016年，15％；2017年，16％。"

这是今天9：30，中共浙江省委党校法学博士王涛在文澜讲坛主讲"从'赶上时代'到'引领时代'——观察新中国70年历史的一个视角"时提及的一组数据。这位主讲，是1986年出生的小伙子，小我十多岁。原来，我的年纪这么大了。

"当代中国正处于近代以来最好的发展时期。"王涛先生说。

"六神磊磊"是谁啊？好怪异的名字，我可是第一次听说，"六神花露水"倒是听过。

原来，六神磊磊是腾讯"大家"专栏作家，真名王晓磊，也是位年轻的小伙子。11月9日下午2：00，他在浙江图书馆二楼报告厅，主讲"你未必知道的唐诗江湖"。

六神磊磊讲的是什么江湖呢？讲探访李白与五座山的故事：大匡山——李白的"青春之山"，峨眉山——李白的"心灵之山"，太白山——李白的"命门之山"，庐山——李白的"温情之山"，大青山——李白的"归宿之山"。

五座山，一座我也没去过，也没有想去的冲动。既有诗,那五座山不去也罢。

六神磊磊说,李白生前"不屈己,不干人",还"志在青山"。

我志何在?青山又何在?我实无志,亦无青山。若说有点小志趣的话,那定然是在宝石山和山下两所"大学"了。

2019年11月9日于杭州曲荷巷18号

悠悠乡音

一人骑一车，挂一布袋，装一笔一本一茶，慢悠悠骑回曲荷巷。这个周末，我极其兴奋，因为，有乡音——庆元方言。

对家乡庆元的吴式求先生，我是发自内心佩服的，他堪称中国版的"摩西奶奶"，是名副其实的"方言爷爷"。

吴先生已83岁高龄，仍然从庆元赶到杭州，于2019年11月10日9:30，在浙江省文化高地——浙江图书馆，主讲"唐音宋韵绝响：庆元方言——浙江方言文化金名片"。

吴先生如此高龄，仍耳聪目明，口齿清楚，思维灵敏，是一位谦逊有礼、令人尊敬的老人。

"60岁前，他是一个只有小学学历的工人，一个省劳模，全国五一劳动奖章获得者，拥有十多项专利的发明人。"

"60岁后，他'不自量力'跨入语言学领域，揭开了一个中国方言的秘密，成了一个活着的传奇。"

60岁，不过是他第二事业的起点。

这样的人，站在这里就有无比强大的力量。

看了讲座介绍我才知道，吴式求老先生多年来自学《语言学基础》《语言学教程》《说文解字》等专业书籍，精心研读《康熙字典》《中华大字典》《诗经》《楚辞》等书。经数年研究，完成了《庆元方言研究》《庆元方言古音字源初探》《古老珍贵的庆元方言》等数部专著。现为丽水市第二批市级非物质文化遗产项目庆元方言代表性传承人。

像吴式求先生这样来自庆元山区的本土文化人，都是扎根在大山里的大树，始终在一个地方坚守文化之根，成为一个区域不可多得的文化灵魂的守护人。

正是因为有无数的他们，才铸就了中华民族基层地方文化的丰厚、多元、多彩，从而织成固守中华文化之根的守护大网。

杭州宝石山下，唐宋古音悠悠。庆元方言，这是个小众的主题，听众也以在杭州工作、生活的庆元人为主，大家从四面八方聚在一起，共话乡音，畅聊往事。

在杭州的庆元老乡毛传珍先生听后这样感慨："乡音是最好的籍贯，听老先生的方言讲座，人坐图书馆，神游千里外，松源河，石龙山，学校，亲友，邻舍，留存在记忆中家家户户的炊烟，粽子，社粿，稻田，捉鳅鳝，捡田螺，河滩上烤番薯的简易石头灶……"

他还作诗一首：

离家数十秋，乡音未曾改。

但喜乡音在，笑看岁事迁。

只觉乡音亲，未晓其真韵。

今闻先生言，略解此中意。

愿所有的方言，所有的"方言爷爷"，都永远不老。

补记：

11月11日下午，吴式求先生与老伴还特意来看我，甚喜。

2019年11月10日于杭州曲荷巷18号

夜，再访有为图书馆

人的一生，若能做成一二美事，便可称圆满。

几天前，我收到黄岩张良先生寄来的他的新作《与国同梦——徐永辉与叶根土一家的 70 年》。读后，除了收获感动，还收获了促我前行的力量——有些人与事，只要往那一摆，无须一言，就有打动人心的力量。

2019 年 11 月 20—22 日，我随何云飞、季水有、何于盛三同事出差，从杭州出发，驱车疾驰，到仙居，经三门，抵天台，22 日下午回杭州。

11 月 21 日，夜宿三门县城，夜里再次走访了三门县有为图书馆，甚是兴奋。

遥想 2014 年 9 月 20 日，我来过三门县有为图书馆，还在这里完成了我百场讲座计划的第四场，记忆犹新。

五年前的三门县有为图书馆，在一个院子里，有一扇哗啦响的白色的卷帘门，是由极其简陋的仓库改建而成的。

有为图书馆是一所由年轻人自筹资金创办、运营的图书馆，这很是了不起，是当代中国民间崇学的虔诚与传承的具象。

我对有为图书馆时时关注，常常惦记，闻知其已有新家，即便隔着手机屏幕也为之欣喜，并在心里再三许诺，改日定然要再去看看。

今日果然成行，甚是欣慰。五年前那天在场的有为图书馆馆长何雪娇和三门好友林方钤今天也在场，故友相见，甚喜。

冬夜，微冷，细雨。二层小楼灯火通明，三五人散坐其中，捧书静读。这才是小城图书馆应有的真实样子。

"一座图书馆，改变一座城"，是有为图书馆的追求。在我看来，这不仅是改变，更是滋养。

正是因为有了这样的图书馆，一座偏远的小城有了灵魂，得到了滋润。

从创办有为图书馆的这批年轻人身上，我看到了中国民间的文化力量，这是中华民族的希望。这个时代，不缺钱，不缺书，不缺人，就缺一个个精神丰盈、思想独立，能好好生活的普通人。

再次到有为图书馆时，恰巧员工在开会。不知为何，我特别想对他们说几句话，或许是因为他们这份美好的坚持特别不易，因而特别值得令人敬佩。

话，我还真说了，还向他们深深鞠了好几个躬，不如此不足以表达我的敬意。这也算是一份别样的支持吧。我衷心希望,有为能好好的,他们也能好好的。

此行,我特意给有为图书馆送了两本《老爸,去图书馆》,也算是一种支持吧,希望能有更多人看到图书馆的好。有为图书馆馆长何雪娇回赠我两本《回家乡建一座图书馆》,这是有为图书馆创始人之一章瑾编著的一本新书,辑录了 2011—2017 年关于有为图书馆的点点滴滴,以活动为主,以图书馆相关故事为辅,追求"有独立思考能力和理性精神的人"。有图书馆,还有记录,真的非常好,今日我就细细拜读。

还是付钱买吧,不仅是对有为的支持,更是求个心安。同事季水有先生亦如是。再小的力量,也是支持。

行有余力则学文,是一种自我促进。而有余力,更应行之于美好事业,为己,亦为国之将来。这样的一个图书馆,哪怕一天只有一名读者,也很有希望,很有力量,绝不可小视。

有为图书馆还很年轻,我也勉强算年轻吧。相信,以后我还能再来有为,我也想为有为做点什么,力所能及地做上一点点。

我坚信,在不远的将来,这里会成为一道绝无仅有的人文风景线,能吸引无数有梦想的人,来这里接受知识的洗礼,感受无穷的力量。我就是这样的,五年前来了,今天来了,相信以后还会来很多次。

今日,小雪,仍晴暖。

"从前，有一群人为了梦想努力，终于，造出了一家图书馆。——章家铭。"在有为图书馆一楼过道的展板上，贴着一张浅黄色的便条，火柴盒大小，方方正正，还"长"着四只"脚"，那是四小块长方形的双面胶。前排字是用黑色水笔写的，而名字却是用铅笔写的，歪歪扭扭，大小不一，"梦"字缩在"了"字上方，小小的好可爱。

好喜欢啊，这小小的纸条，小小的字，小小的梦。这样的梦，值得做一生。

有梦，真好！

2019 年 11 月 22 日

于三门县兴业街海市黄龙饭店 1005 号房间

行动，唤醒

——读《回家乡建一座图书馆》有感

生活的本质，就是即便独自一人时，也要笑着，把日子一天一天过下去。

我常常如此，一曲，一书，一茶，一瓷，一墨，一文，一坐便是一晚。

感谢文字，感谢记录。上周的三门行，我带回了一本《回家乡建一座图书馆》，花了几天时间一口气读完，总算是对三门县有为图书馆建成七年来的方方面面、点点滴滴，有了较为全面而深入的了解。

其实，我早就想过，要去有为图书馆看上一天书，而不是快速来去——匆忙的行，移动的心，只会与美擦肩而过。

读着读着，我有一种非常强烈的感受：这本书记录了"章二妹"（章瑾）"回家乡建一座图书馆"的真实故事，生动而全面地展示了当下中国沿海小县城里部分人群对精神文化生活的强烈需求。这座"小而美"的三门县有为图书馆，更像是一个线下的"学习中心"，或者说是一所开放式的"自由大学"。

质朴、干练的"章二妹"，大学生志愿者，海归的三门人，以及三门本地的管理员、读者、政府部门等等，不同人群、不同观点的碰撞构成一幅中国东部县域精神文化寻索的群像。

民间崇学的力量与冲动，在三门县有为图书馆得到凝聚与释放，不失为当代文化佳话。

由于创始人"章二妹"有剑桥求学、香港工作的经历，本书读来有强烈的外域、全球文化的冲击感。或许也正是因为如此，我没在书中读到多少"章二妹"对中国传统文化的实践运用与解读。我想，随着"章二妹"团队年龄的不断增长，这在将来或许会有转变。

在我看来，传统文化是根基，也是底色，而外来文化是有益的补充，因为这毕竟是在中国土地上进行的文化尝试。

读这本书，是兴奋的，也是有启发的。事实上，中国急需像"章二妹"这样的人，来"挖掘、召唤与激发"，来为家乡和民族做点好事。

珍惜时间，先做起来再说吧。想着，说着，走着，做着，路就慢慢地变宽了。

　　一群人建起来的有为图书馆,若是能长长久久地好好存在着,那才有长久的唤醒力量。

　　这恐怕才是三门县有为图书馆值得大家学习的精华所在吧。

　　　　　　　　　　2019 年 11 月 24 日于杭州曲荷巷 18 号

图书馆人

在周末两天里，仅有一场讲座，这在浙图是很少见的。

2019年12月14日上午，国家图书馆原馆长韩永进先生在浙图开讲，主题是"文化自信，文化自觉，文化强国"。

"我国现存有20万个品种，超5千万册/件的古籍。"

"中华民族的文化辉煌：思想的闪电，智慧的光芒，文化的滋养。"

"春秋——中华文化的轴心时代；汉——宏阔气象；唐——隆盛的文化气象；宋——丰富的文化格局；明清——中国古典文化的总结期。"

"辉煌的三大特征：经济发展，藏富于民；政治稳定而清明；文化积累并创新。"

韩永进先生妙语连珠，金句频出。

见到韩永进先生，我立即想到浙图前馆长陈训慈先生。1938年，为筹募转运《四库全书》的经费，他在永康奔走乞求,很是无奈,却极为执着。如今,百年后的事实证明,当年所有的付出与委屈都是值得的。

这亦如听讲读书,崇学的大好事当然需要弘扬,需要发朋友圈,以此来影响和唤醒身边的人。但也有人提醒,要低调,最好还是选择沉默为好,以免引来"不务正业"之非议。明明是正道,却要搞得如小偷小摸一样,我就很想不通,长此以往,何来乾坤清气? 唯有崇学,多去图书馆,形成独立思想,提升辨别能力。

"读书破万卷,下笔如有神。"——国家图书馆原馆长韩永进先生。

"文化自信,文化自觉。"——浙江图书馆党委书记徐洁先生。

这天,两位图书馆人在我笔记本上的同一页留下了寄语。感恩,铭记,共勉。其实,我早就把自己当成是图书馆的人了,不仅仅因为这是我的"浙图大学"。

致谢,图书馆人。致敬,图书馆人。

2019 年 12 月 17 日于杭州曲荷巷 18 号

冷雨周记

　　这一周过得特别快，快到我都来不及坐下来，做点细碎的记录。下雨了，冷冷的雨，宝石山上那片竹，定要乐坏了。

　　"好的艺术从来都不以取悦他人为目的，它是一种挣扎，一种在迷雾中的探索，是在一代一代的艺术家进行过各种表达和尝试后依然不甘心地倔强前行，并在这种不断找寻、不断自我否定和迷失方向后结出的硕果。它不仅给了艺术家以更宽泛的形式语言表达，也将更多的话语权交给了观众，引发更多想象、思考和讨论。"

　　这是 2019 年 12 月在杭州国画院美术馆里举行的"陆维钊诞辰一百二十周年纪念展"前言里的一段话。

　　这样的话不可不听，这与是不是"学书画的人"并无多大关联，适用于各行各业的人。至少，我是这样认为的。

　　2019 年 12 月 19 日下午，应温岭市政协委员、慈善义工协会会长王文军之约，我到温岭市城西民工子弟小学参加

"点亮爱心，照亮未来"公益活动，这也是我连续第四年到温岭参加这项公益活动。戴上红领巾，穿上红马甲，诚心接受心灵的洗礼。我一个普通人，能做的很少很少，无非也就站上台，给孩子们讲讲，再签个名而已。

多去图书馆，多读书，多写作，真的没错。

冷雨周末，我依然去浙图参加讲座。下午，劳月先生主持"读书岛"第四十六期年终分享，六位分享者人人出口成章，"统计男"李相彤的中医读书笔记，字迹竟如印刷品一般工整，令人叫绝。这样的读书人可要多几个，这样，于明天和将来，都能让人的信心多出许多。哪天要是进图书馆学习的人如在网红奶茶店门口排队的人一样多，那这个国家的将来真是不可估量。

2019 年 12 月 22 日于杭州曲荷巷 18 号

开年点点事

1月1日,2020年的第一天,我也是在浙图度过的,"书香浙江"系列活动,丰富多彩。

这天,我记完了第十二本听课笔记,照例标注好次序与日期,用塑料袋包装严实,好好珍藏起来——这是在短时间里很难看到其价值的"宝",但我是十分坚定看好的,也一直在努力收集。其实也简单,就比平时多出一道工序,主讲们也都很支持与配合。

2020年1月2日午间,我去看了"天下龙泉"展,这是我第六次去看。

其实,我一直是一个十分忠实的倾听者,是坐在路边为他人鼓掌的那个人。主讲与听众,其实都是主角,一样重要。亦如这"天下龙泉"大展,也要有人心怀敬意去观赏,才显得有意义。

1月3日夜,微雨,与林文飞、阎昌春在浙大紫金港校区小聚,共同商议今年过年回庆元双沈老家办读书节事宜,顾大朋与沈辉临时有事，未能参加。

我们三人喝着小酒，讲着方言，忆着村里往事，点点滴滴，感慨不已。今年过年回村，定要尽心尽力把第二届"朋来·天真"崇学基金读书节办好。对过年读书这件好事，我们都出奇地有热情、有兴趣。

读书节是先从下沈自然村开始的，到 2019 年推广到双沈行政村，这也完全得益于他们的支持。

唯有读书高，希望能坚持下去，尽力走好当前能走的每一步。

1 月 4 日，周六，冷雨天，我又去浙图听了一天的课，上午，是杭师大潘志庚教授主讲"VR/AR 及其在杭州亚运会中的应用设想"，潘先生挥洒自如，我听下来却觉得内容与亚运会有点远。下午，是浙大历史系张正萍教授主讲"苏格兰历史与文化"。如此大的主题，要在一个半小时里讲清楚，还真不是一件容易的事，于我这样没有世界史和地理基础的人而言，要听懂理顺，就更难了。但这也不碍事，我认真听，认真记，还是开心的。

一年，已过四天。点点小事，略记一二，以慰时光和自我。

2020 年 1 月 4 日于杭州曲荷巷 18 号

扔掉的书，捡来的福

　　在手机时代，看书的人少，扔书的人多，这也算是新时代的常态吧。

　　就如年近半百的我，仍然努力听讲，坚持读书，而读高一的女儿，一回家就关上房门，沉迷于网络世界。

　　一个时代有一个时代的生活与成长方式。有幸处在和平时代，岁月静好，衣食无忧，有书可扔，更需珍惜。

　　有人扔书，就有人捡书。2019 年，单位装修，做了一次全面清扫，一时间，地上书堆成山，成套的，单册的，破旧的，全新的，收废纸的胖大姐满脸欣喜——书中也有她的"黄金屋"。

　　我自小爱书惜书，自己从不扔书，见别人扔书，也挺心疼的。我在弃书堆里来回翻找，只觉得本本都值得挽留，于是都捡了回去。不一会儿，我的格子间里，堆得满满的。"大家要扔书，千万不要给大彬看见，他什么书都要，哈哈。"这是同事们的共识。有趣的是，常有同事问："上次我扔掉的那本书，你还留着吗？再借我看看。"

捡来的书,有朋友喜欢的,就送给朋友,看到他人如获至宝的样子,我也跟着开心。比如,我捡过一套全新的《衢州历史文献集成》,有十五册之多,就送给了庆元毛茂丰先生,因为他喜欢收藏地方史志。

捡来的书,也有放在桌上的,闲来无事时,随手翻翻,也常有意外收获。捡过一本吴冠中先生的《画外音》,读来就很有启发,折服于其将画与文完美融为一体的功力。特别是其纪念恩师林风眠先生的文章,至真至情,感人至深。还有一本丰子恺的画集,我也特别喜欢,后又转赠给喜欢画画的好友——据对方说,受益很大。

1999 年前后,我在庆元上济村小学工作时还捡过一叠《新闻与写作》,很有用,至今仍非常感谢那位扔书人——我的同事张金龙先生。他要调走了,临行前,他在整理房间,一边扔书,一边对边上的我说:"这里是《新闻与写作》,有二十多本,随我多年,很好的书,我扔了实在可惜,你有兴趣可以拿去看看,你这么喜欢写。"

我真的要了,真的看了,也真的去写了,后来,因为真的去写了,还离开了小山村,转行成了记者。

这叠旧书,至今还在老家好好地放着,今年回去时,还翻到过呢。我感慨良多,时时念及——当年别人扔掉的书,却是我捡来的福。

古人对带字的纸片和书,向来是不会乱扔的,弃掉的字纸,都要集中到特定的"焚纸炉"里去烧。或者,古人早就深谙，字纸也有生命，虽不能言，却有思想。

每每见扔书场景，我心里也深知，我送人的书，也常常会被人家这样给扔掉的，对此，我也很平静。早年我还曾下过决心，不送人书，最终也无法坚持——大家皆如此。

对于我们这样爱书的写书人来说，常常是省吃俭用，用自己的工资，去出版社买来自己写的书，再诚心赠送给自认为合适的人，期待能得到对方的一二点评与称赞，以找点信心，再坚持下去。

事实上，拿到赠书，很多人当面快速翻一下，夸上几句，等赠书人走开，也就扔一边了，更有甚者就直接当废品处理了，很少有人还会去细细品阅。

我常想，写书人就是这样一步步变穷变酸了的。但奇怪的是，那几句肯定的话，却又是写书人最在意的前行妙药。

我特别感谢那些扔了书，又让我捡到的人。别人扔掉的书，是我捡来的福，换句话说，若是扔了书，就是扔了福。其实，扔掉的，又何止是书？

也正是因为如此，每年过年回庆元双沈老家读书时，我坚持只赠送一次《论语》，希望孩子们年年来读，年年用到，希望这份福能伴随孩子一生，更希望他们爱书惜福。

扔掉的书，真的是福，你还会扔吗？改天当我送你一本书，就是送你一份福，你还会扔吗？

2020 年 1 月 11 日于杭州曲荷巷 18 号

书至有感

　　日子,一天一天流逝。我已不记得,有多少天没准点起来晨读了。

　　天天宅家。今天,我意外发现,有点喜欢上练毛笔字了。来杯龙泉高山绿茶,放着音乐,一天写两次毛笔字。练字纸堆成厚厚一叠,对比着看,确实有点进步,于是就有一丝丝的喜悦。

　　细雨,周六,起风,微冷,宜读书。泡杯好茶,读起来吧。

　　最近,收到两份赠书,一份是今天早上收到的浙江工商大学张亦辉教授寄来的《叙述》。

　　他是东阳人,是位独立思考者,更是浙江图书馆主讲中的人气王。我这个在浙图坚守十年的听众,打心眼里佩服、敬重他。他书读得多,又会写,是有自己独到见解的实力派。

　　他的《叙述》中《自序或者批评的批评》一文,一针见血地指出,"批评家们常从道德角度指责一部作品,这当然是最轻而易举的,但却差不多也是最没意义的"。

他认为"文学是超道德的","明白它究竟好在什么地方,到底好到什么程度,然后说出赞同之辞","批评者必须首先是一个优秀的阅读者……并让自己成为一个真正能够进入文本内部的行家里手"。

张亦辉先生还把"对恰当的词句进入恰当的位置后产生的精彩成果做出独特而又令人敬佩的评价"作为自己的努力方向。

写得太棒了,语气自信又幽默,仅此一文,于我就非常有启发。

一册书,有一文,得一句,足矣。

读书,我是"半拉子",常常是读几页,就在读到的位置夹根笔,鼓鼓地放着,说不定哪天又会去翻上一会儿。桌上,永远堆着一叠书。

"向您的人文情怀与精神修行致敬——大彬兄留念。"寄书前,我特意要求他给我写句寄语,再签个名,我好珍藏纪念——我好这一口,有温度,有力量。不想,被他如此高看,实在有愧。

见字如面,见书如人,一收到书,我就莫名兴奋与激动,哈哈。

还有更兴奋、更意外的。前几天,早年熟识,现在松阳档案馆任职的朋友潘建英,给我寄来"田园松阳"丛书,足足一大纸箱,数了一下,竟然有 5 个系列,共 29 册。这是我收到的最有分量的快递。

几天前,我见朋友圈有人晒这套书,甚是喜爱,遂也转发。不料,潘建英很上心,立即寄来,我也甚是感激。

收到这套"田园松阳"丛书,还没打开,我就感到了书的力量,深深涌动。

在我印象中,松阳是个农业小县,但这次一拿到书,瞬间就把偏见推翻了,这速度连我自己都觉得有些不可思议。

王峻、汪健、陈增伟、洪关旺、吴秀岳、叶云宽……我特意留意了作者们的名字,尽管都没有听说过,但这不影响我对他们的敬佩。

"一播穷,二播富,三播无布裤……"随手翻读,不禁慨叹,民间的言语创造,值得学习。

这半人高的"田园松阳"系列,让我真切体悟到,浙西南农耕文明的起源传承,是绕不过粮仓松阳的。

今天,还从潘建英那了解到,松阳史志办的洪关旺先生是丛书得以出版的灵魂人物,我忍不住要来洪先生的电话,冒昧去电表示敬意。

这么多书,想要都看完是不可能的,随手翻阅,兴奋一把吧,宅家的日子,不孤单。

2020 年 4 月 11 日于杭州曲荷巷 18 号

周末二日记

到了周末，独居静处，读读书，练练字，听听琴，喝喝茶，写写文，刷刷手机，这挺适合我的。

继续读清代浦起龙先生的《读杜心解》，有太多繁体字我不认识，只能一个一个用手机查，再一个字一个字大声读出来，如此，一整天很快就过去了。正因为我都年近半百了，仍有太多的字不认识，才倍感一个国家文化的厚度，同时，也深感没有文化真可怕。

读杜甫，还是读全集好，这样客观、全面，也真实。

想不到，杜甫除了有沉郁顿挫的惊天名篇，还写了这么多关于雨的诗，"漂漂石间溜，泪泪松上驶"，好不畅快淋漓。

看来，杜先生喜水。一个变着花样写雨的人，一定是内心丰富的人，要不然哪里有闲心闲情关注水的灵动、雨的不同呢？

这时的杜甫在四川，在草堂。

我下定决心，先把这厚厚的两本书读完，再读其他诗人的。

据说读了古诗，能让行文更简练、更精准，我要试一试。

往常的周末，我是去浙图听讲、记笔记的。可如今线下还没有开讲，只能让灵魂四处游荡了。

2020 年 5 月 17 日，周六晚上，在群里听了沈岳明先生讲越窑。他和郑建明先生在浙江考古所成长，现已双双去复旦大学当老师。

越窑，是龙泉窑的前身。一抔黄土，一池清水，便是一部华夏文明史。

至少，我的文化自信，就是这样一点点被培养出来的，被浙图，被论语，被先贤，被顾大朋教授。那可绝不是挂在嘴边空喊的口号。

2020 年 5 月 18 日于杭州曲荷巷 18 号

晴晴雨雨

晴晴雨雨,又一周了。

急雨夜,读《读杜心解》。我不知道为什么我居然翻开了这本大部头,权当自我挑战、自我修行吧。一路繁体,一路查找,一路学习,终于将上册粗粗看完,甚喜,特于书后用毛笔记之。

晚上,我又来玩墨水了,但愿我的朋友圈中人和更多的国人也能玩起毛笔来——这是中国文化之根,真的不能丢,特别是在手机时代。

6月19日早,收到遂昌县档案馆寄来的"遂昌具公署和解笔录徐明豪收执(中华民国十四年十二月)"捐赠证书(馆藏证编号:No.0082)。收藏证书上不仅有实物图,还标注了收藏日期(2020年4月16日)、品名、归档号(J130-80-1)等,非常专业。这也是我收到的诸多捐赠证书中信息最为详尽的,甚喜。

晴晴雨雨，雨雨晴晴，又一周过去。周五傍晚，又下雨了。

2020 年 6 月 19 日于杭州曲荷巷 18 号

偶得一二

2020 年 7 月 25 日,周六。

夏雨声声,居曲荷巷,常见"知光阴"——那是卢英振先生在浙图开讲时题赠的横幅,我挂于书桌对面的墙上。虽抬眼时有一大叠书挡住视线,但我知道这三个字就在那里。

早上,收到庆元赵剑芳特意寄来的《乡土庆元》一书,随手翻阅几页,再结合吴积雷先生的省社科重点规划课题"浙南木拱廊桥的民俗文化研究"的许多成果一起品读,不免有些感慨——我虽年近半百,但仍未能读懂家乡、读懂祖国。

最近,对生养我之故土进行重新解读,对曾经熟视无睹的诸多地方有了全新发现。比如,我曾无数次从半路亭桥边经过,却从没有走近去好好看看,那可是省级文物啊。

将一座木拱廊桥置于一方特定的山水,放在独特的地理人文环境中审视,你会发现它是活生生的,极其动人。而一旦将这桥抽离那山那水那人,瞬间就只剩下一堆堆的石头、木头了,硬邦邦的,无趣无味。当然,这样的置放地,可以是一个村,一个镇,一个县……不同地方不同味道,一桥一地一景,变化无穷。

博大精妙之学问,总是隐藏在生活点滴里,跟随在我们身边。尽管有的物件可能是我们极为熟悉的,却因为缺少慧眼,未能发现。

一生学,一生知,偶得一二,一生便是这样学而知之的吧。

2020 年 7 月 25 日于杭州曲荷巷 18 号

听与读之差异感记

——听读《书路修行——纸质文献修复》

今天，在《闽派古琴之源——浦城派》一书中，读到民国李葆珊先生一文《学琴三要》，说到学琴三要为"重性情、重己灵、重专精"。

尽管我不学琴，不懂琴，更不会操琴，但也深感此文短小精悍，倍感受用。显然，琴事与人事，也有共通之处。

有"好性情"，方配"真性情"。此"三要"，似胜一书，值得再阅。

闲来无事，便捧起汪帆、李爱红所著的《书路修行——纸质文献修复》（西泠印社出版社 2019 年版）来读。这书是 2020 年 8 月 27 日晚，在杭州南山书屋听完汪帆先生讲座后当场购买的。

扉页上，有汪帆先生的题赠"修书、修行、修心"。

最后一页上，有浙图古籍部主任陈谊先生题签："大哉好书,彬彬有质,为学日进,修身日损。"

此前,通过陈谊先生转发,我在网上读过汪帆先生写的多篇关于修书的小文,语气真诚俏皮,有趣有味,印象深刻。然而,今日捧书来读,才发现内容是"纸质文献修复"之"硬概念",而非如书名"书路修行"之"软感受"——神秘冷门专业之艰辛与喜乐。可惜"书路修行"这个沉厚的好标题了。

在我看来,这书实在是未能展示出作者汪帆先生之真诚、幽默,以及出类拔萃的才华与实力。读这本书的感受,与前日听汪帆先生讲座的感受,形成了鲜明对比。

当然,《书路修行——纸质文献修复》也是一册优秀的普及读物,虽然与我的预期不符。

修书,我是完全不懂的。我在努力找寻独属自己的修行路径,操出自己的真性情之琴曲。那晚,感觉很完美,有久违的开心,只可惜竟然忘记带上笔记本——哦,我是临时获知的信息。

书如人,古书正在渐渐生病、老去,而像汪帆先生这样的古书修复师,分明能挽救和延长中华文化之生命,是救死扶伤之大医也!

然而,因为无知,有人贸然将古书泡水,试图走出一条修复之路,二次伤害,让人心痛。我亦应自省之,对照之,尽改之,诚如汪帆先生提醒,翻书轻柔点。

　　古籍修复,实是器与人完美融合之技艺,甚至是艺术,亦是人生之美好事业,也要以"重性情、重己灵、重专精"为要。

　　　　2020 年 8 月 29 日于杭州曲荷巷 18 号

八个月后，喜逢浙图

雨连连，忽入秋，天骤冷。

已至 2020 年 9 月 19 日，生活继续，美好继续。

浙图线下的听讲活动终于恢复了。这于我而言是个重大好消息，毕竟周末去浙图听讲已是我生命中极重要的一部分。

骑着自行车，提着帆布袋，装上笔记本和茶杯，出发。

戴着厚厚眼镜的劳月先生，八十一岁的贾灿园老人，听友苏兆静，浙图工作人员乔静仙……个个安好，人人精神，浙图故友再相见，大家都无比开心。

确实，在线下真人相见，远比线上生动有味，这样的真实体验感，是线上无法提供的。

又能在浙图听人分享书了，一个下午，思绪万千，总有写点什么的冲动。

走进，再走出，至浙图大门，放眼望去，只觉得美好多多——这真是个神奇的地方，是我的"净化器""加油站"。

翻开我的笔记本，找出记录：上一次，我作为听众进入浙图，是在 2020 年 1 月 18 日。那次也是参加劳月先生主持的"文澜读书岛"，他曾题赠寄语："猪年最后一签，我们一起读书。"

今天下午，2020 年 9 月 19 日，再次相聚，仍然是劳月先生主持，他再寄语："终于回到线下，我们欢聚了。"

猪年一别，再聚，已是鼠年八月。不过，中间的 2020 年 7 月 18 日，我作为主讲，去浙图做过一次线上分享。

下午，萧山女孩王静静给我们分享日本作家春上村树的《刺杀骑士团长》。她给自己定了个目标，每天用两小时读书、写作。有目标，真好。

三人行，必有我师。这本书我没读过，不读就没有发言权，但听着不同经历的读者从不同的角度来读同一本书，也是很享受的。特别是看到有年轻人在读书、在分享，于国之将来便会多出几分信心。比如，今天发言的郑炜炜，就是很年轻、很有活力的姑娘，她不仅读了原版，还找来台湾地区出版的译本对比着读。

书友山谷说，读书是训练思维的工具，能从作者那里找到一把"手术刀"，来解剖自己和社会。

"把时间拉向自己这边。"王静静在分享春上村树的书时，特别提到这样一句话，听来很有味。

我，仍要努力拉。

2020 年 9 月 19 日于杭州曲荷巷 18 号

你的一百二十年，我的九年

——写在浙江图书馆一百二十周年馆庆纪念日

2020 年 11 月 7 日，周六，立冬。仍晴暖，毫无寒意。

早上 9:30，我从群里获知，浙图早上有漫画公益活动。当模特，画漫画，还能拿回家做纪念，这样的大便宜恐怕只能在浙图里捡到。心一动，立即行动，网上报名成功后，我即刻出发——安家在浙图边上，就这一点好，说走就走，立刻抵达。

浙江图书馆，是我永远不想毕业的"大学"——整整 9 年的收获与实践，让我坚定不移选择去图书馆。

在宝石山北边山脚下，远远望去，浙图的方向满眼深红，很是喜庆。到了浙图门口，见两侧立着大红底色的易拉宝，我才知道今天是个特别的日子——浙江图书馆一百二十周年馆庆纪念日。

浙图的一百二十周年纪念，是这样起步的——一场"百廿浙图，典蕴华章——浙江图书馆一百二十周年馆庆特色文献展"，拉开风雨百年记忆。

浙图历史悠久：清光绪二十六年（1900）十一月，杭州士绅邵章、胡焕创办了杭州藏书楼；三年后在浙江学政的主持下扩充为浙江藏书楼；清宣统元年（1909），浙江藏书楼与浙江书局归并成立浙江图书馆。

浙图家底厚实：北魏手抄本、敦煌遗书真迹、雷峰塔写经卷、《四库全书》原抄本……一生能见上一次，便是十足福分。

浙图功勋卓著：在善本古籍中，从馆藏 15 万册中选取较具代表性的文献，如镇馆之宝之一的文澜阁本《四库全书》，自乾隆五十二年（1787）开始颁发入阁，后经拾残、补抄，抗战时又辗转西迁以护周全，创造了中国书籍保护史上的奇迹。艰难的岁月里，几代人用尽心血赓续文脉。《四库全书》补抄历时十七年。其中，1882 年丁丙兄弟主持"丁氏补抄"，历时七年；1915 年钱恂主持"乙卯补抄"，历时八年；1932 年张宗祥组织"癸亥补抄"，计补缺书二百十七种、四千四百九十七卷，并将丁氏补抄本择要重校二百十三种、五千六百六十卷，使浙江自此有了完备的《四库全书》。

欣闻，就在今天，位于庆元县淤上乡淤上村的浙图抗战期间旧址已正式动工修缮。

你的一百二十年，我的九年。你我有幸相伴，度过一个又一个美好的周末。我的一生,能有几个九年?但我乐意,且心怀感恩。这样的感情,这样的收获,是难以言说的,他人定然无法体味。

你的一百二十年,我的九年。每到周末,浙图这道大门,我一进再一出,满心欢喜,收获满满能量。

你的一百二十年,我的九年。要说你我关系,感觉真的挺复杂,似祖孙,似师生,似父女,又似恋人……总之,我毫无水分地深爱着你。

于浙图,我实在是无以言谢。去年,我出版了《老爸,去图书馆》,便特意将浙图作为封面。今天带上两册,赠送给浙图人——已退休的雷雄祥先生和古籍部主任陈谊先生。

这一天,"印象浙图——漫笔光影双甲子"展览也同步开展。因为来得早,人少,我轮着给省漫画协会五位漫画家——大方(喻潇芳)、俞寅、方文林、赵雪峰、何剑伟当模特,十分钟不到,就拿到了五张速写漫画。一一收好,我实在是不知该如何表达谢意,唯有向他们深鞠一躬。

你们可千万别怪我贪心,我实在是喜欢得不得了。去年,为我画的漫画,我在讲座时就常用到。

浙江图书馆馆长褚树青先生曾经给我的书作序,今天又在我的纪念册封底题写寄语:"百年浙图,知识的入口。"

这实在是太珍贵,回家一一整理,悉数装袋,妥善收藏,准备将来一并捐给家乡图书馆。今年,我已经把近十五万字的笔记和图片，以及一千篇来杭后的随笔和书稿，分别捐给了浙图、丽图、庆图等地的地方文献部。

著名画家黄宾虹言："长生之义有二，一种是个人的生命，一种是民族与国家的生命，艺术是最高的养生法，不但足以养中华民族，且养成全人类福祉寿考也。"

走进浙图，收获满满。别多想，一直去，不停地去，一年，两年，三年……定然会有意想不到的收获，还有惊喜。

一百二十年不长，九年更短。你我，仍要继续，仍要美好。

2020 年 11 月 7 日于杭州曲荷巷 18 号

乐知久久

　　母亲曾说过,本领学来就是自己的,谁也拿不走。确实,读书是与他人毫不相关的事。每个人都有自己的选择,乐知方能久远。

　　常有人对我说,每每看到你"晚写字,早读书,常赏瓷,爱喝茶,喜音乐"诸类朋友圈,很有生活品质,也很想试试。当然,有些人可能是出于礼貌,随口说说吧。不过,我坚信其中也有认真的,更有行动的。

　　反正我是认真的,也常读常发,自乐乐人,天天向上,何乐而不为?

　　周末,我仍然选择了听讲,在西湖的曲苑风荷里,湖光潋滟,彩叶舞动。湖上读书,这样的人间乐事,可不是所有人都能享受到的。

　　11月8日下午,第三十一期"无茶不文人"公益文化课程在花港蒋庄·马一浮纪念馆进行,郁震宏先生主讲"《诗经》中的饮食——舌尖风雅"。

郁震宏先生的课,也是自成体系的原创,按确定的主题一一道来。他的知识储备相当深厚,信手拈来,记忆力很是惊人。他能写,也爱写,每次课前,都会出一篇小文章,通过公众号把要讲的大意和方向提前公布给大家,以方便预习,这样的周全,不是一般主讲人能做到的。

临窗而坐,美景相伴。郁震宏先生从"三世任宦,方令着衣吃饭"谈起,讲到《诗经》饮食中"五谷",再到"六饮""百菜""三牲"和"六牲",引经据典,挥洒自如。

听着听着,我真心折服于吾国文化之博大与深厚,自豪感也就油然而生。

关于"祭食""朝食""朔食"等,郁震宏先生认为,古人是极为重视早餐的,那是正餐和大餐,这与今人截然相反。我立即想起家乡庆元县至今仍流行的早晨吃米饭,提倡吃饱吃好这一饮食习惯,缘起已是无从考证,但却极符合早上阳气升、蕴化能力足之中国传统养生之大法,可谓道法自然。

课里与课外,讲的与听的,一样生动,一样传神,一样启智。换地铁,乘公交,再步行,花了整整三小时——今年五十九岁的吴金祥就是这样从德清新市镇赶到杭州花港观鱼听讲的。坐在我边上的温州人胡云姐姐,是杭州国画院论语班里唯一一位从第一节课坚持至今,走过五周年的学友,这毅力真的值得我学习与敬佩。

恒,久也。总之,乐学乐知,什么都不是问题,什么都不是困难,什么都乐而为之,什么都持而恒之。

2020 年 11 月 9 日于杭州曲荷巷 18 号

青春爱书，是为大美

——致高二的女儿

"大彬老师是我们浙图最长情的读者。"浙江图书馆古籍部主任陈谊先生曾这样评价我。"我们常常错过老师的讲座，却没有错过浙图'钉子户'大彬老师的分享。"有学友这样说。

"浙图最长情的'钉子户'"，这个说法，是褒奖，更是期望。当然，不论他人怎么评价，反正我又去浙图了。他人留给孩子的是房子、车子、票子等，我能留给孩子的只有书，只有点滴的记录，相信这样特殊的财富，她终有读懂的一天。

"我想跟你去浙图，看一百二十周年纪念展，明天早上，你要记得叫我哦。"女儿主动说。她上小学时常去浙图，初中以后就去得少了。这真是令我高兴的事，也不知是什么触动了她。

我始终坚信，只要我坚持去图书馆，坚持读书，迟早会有一天,也会内化为她的行动和习惯的。当然,这需要时间,需要契机。

11月14日上午,慢催紧催,前往浙图——只要她肯走进浙图,定会有收获,对此我是深信不疑的,浙图,就有这样强大的魅力。

我提早联系过浙图古籍部主任陈谊先生,知道他早上会在现场导览和讲解。他学识渊博,为人谦和,能听他导讲,绝对是生动的一课。

果然如此,陈谊先生边看边讲,精到而深入的专业讲述令我们大开眼界,女儿也听得很认真。事后我方知道,一同听讲的还有著名收藏家章胜贤先生和省委办公厅徐骏先生,高人在身边,言谈中早见实力与修为。

这是教授,是感染,更是传承。结束时,我特意让他们分别在本子上题写寄语,给我,更是给孩子。

"后继有人,吾道不孤。"——著名收藏家章胜贤

"青春爱书,是为大美。"——浙江图书馆古籍部主任陈谊

"大有作为。"——徐骏

我和女儿现场一一见证,欣喜无比,又是生动一课,影响深远。人啊,只有知己之不知与无能,低下头来真心折服,方能在敬仰的虔诚中,化为内心坚定的动力。也只有这

样自觉自发的动力，是自我的乐学，方能持续方能久远。结束后，她就嚷着要上二楼借书，最后还带了三本去学校。直至下午 1 点多，我们才返家吃午饭。不过，能让孩子借书看书，迟点吃饭又何妨？

"青春爱书，是为大美。"多好的寄语，值得分享，更值得我和孩子铭记与践行一生。这一个早上的浙图听讲观展结束，影响必将会是长远的，相信这半天会成为一枚种子，在将来发芽。

"下周，我还要跟你去浙图听讲。""我很佩服爸爸。"女儿晚上还唠叨着，希望下周能继续听讲座，这样的话我平时很少听到。

11 月 14 日晚，获学友赠票，在浙图听了一场"太古遗音"古琴音乐会，我还收藏了一份节目单——上有部分琴家的签名。琴，情也。愔愔琴德，不可测兮。我虽乐盲，但常喜音乐伴随左右。

又一个周末，这是一个暖如夏的周末。

2020 年 11 月 15 日于杭州曲荷巷 18 号

我信之，记之，行之

　　周末，是我期待的。因为文化，因为浙图，因为讲座……学习，绝对是无任何门槛的高贵享受。我相信，这样的美好，迟早会被他人所接受和认可。

　　上周，原本在家带孩子的表姐周冬梅，也开始走进我的课堂。今天周六，2020 年 11 月 28 日下午，她的女儿沈慧珍和女婿程志也开始走进浙图听讲……我的学习亲友团，越来越壮大。想来他们或多或少受到了我的影响吧。上周听我讲座的九三社员，今天有好几位特意赶来看浙图一百二十年纪念特展。

　　美好的东西，要分享。

　　事实上，诸友围观我的朋友圈已经很长时间了，也犹豫了很长时间，在一次次的找借口与内心挣扎后，某天机缘巧合，走进了图书馆，殊不知，一生的美好就这样开始了——但凡有了第一次，必然会有第二次、第三次……对此我是深信不疑的。

上周，我与女儿一起看过浙图一百二十周年纪念特展，又现场听了陈谊先生的生动讲解，我坚信这些对女儿会有深刻的影响。果然，刚开始她还叫嚷着没时间，不去浙图听讲了，但是到了下午 2:30，我们一家三口又齐刷刷坐在浙图二楼多功能厅的第一排，共同聆听著名作家蒋胜男的主题讲座"历史的十字路口，人类如何选择"。她是风靡一时的小说《芈月传》的作者。

这是我们一家三口第一次坐同一排，听同一场讲座，我坚信，这会是一个美好的开始。浙江图书馆就是这样神奇的地方。

"坚持自我，或许不一定功成名就，但一定会获得内心的愉悦，同时，也会收获同伴和支持。"这是蒋胜男女士在我笔记本上题写的寄语，我深以为然。

讲座结束后，我第一个排队，请她在我的听课笔记本上题字。

对于蒋胜男女士的观点，我深表赞同。

她说："内心的力量，不仅仅要习惯于天塌了，还要学会慢慢扛着，扛着扛着，也就习惯了。""再难，我也行。""通过自我唤醒，再带着他们向上走。""不赞同当全职太太。"

于写作，她也说了很多："写作先是自娱再娱人。""写作，自己的优点不能丢。""要按自己的想法去写。""要在长处和优点上生根。"

这是一场对答式的沙龙式讲座,主持人是杭州电视台的王冠男。

显然,我们再怎么学,再怎么听,也是成不了蒋胜男的,也不可能写出《芈月传》《燕云台》,对此,我自知,我明了。

那么我们又要学什么呢?我想,我们普通人要学的,一是积极向上走的人生态度,二是与众不同的思维角度,三是独立的思想,四是立想即行的行动能力。当然,最为重要的是努力找到和走出独属于自己的人生道路,那才是独一无二的"我"。

每一个生命,都是独一无二的,需要自我发现,需要自我找寻。

我坚信之,我亦记之,我要尽我努力行之。

2020 年 11 月 28 日于杭州曲荷巷 18 号

大雪节气小记

昨日,大雪节气,2020 年 12 月 7 日,阴冷。

2020 年,浙图周末活动有序恢复。本周末,就连开四场线下活动。

这个周六,女儿也在浙图——早出晚归,吃饭问题也都由她自己解决。在这里,不一定就要看书,也可以玩游戏、聊天、吃美食、做作业等等,总之,一切都在书香的重重包裹下,自由支配。

12 月 5 日下午,中国美院韩天雍先生在大会场主讲"中日禅宗墨迹研究及其相关文化之考察";12 月 6 日下午,上海大学徐坚先生在小会场主讲"三角缘神兽镜:考古学视野下的三世纪中日海"。这是两个非常不错的主题。

我听完之后,对比一下,后者显然更加用心些,听完非常有启发——讲台是块不折不扣的"试金石",听众的眼睛总是雪亮雪亮的。

徐坚先生总是微笑着,娓娓道来,这是一种腹有诗书的自信,是一种自然流露的温雅。在开讲前,他坦言,更喜欢线下开讲与交流。

他在我的听课笔记上写道:"破解历史之谜,领略历史之魅。"知史识人,知史知今。

我也更加喜欢线下的交流,面对面听与讲,这是人与人之间独有的气场交流,是线上交流无法取代的。

2020 年 12 月 8 日于杭州曲荷巷 18 号

他，想走出"概念化困境"

又是周末，2020年已仅剩半月余。

这周末，浙图请来中国人民大学历史学院包伟民教授主讲"从陆游的乡村世界看南宋社会经济的发展水平"，线下限额二十人，消息刚发布，名额就迅速被抢光。

这位包伟民教授我早有耳闻，正是他发现了晚清民国时期的龙泉司法档案。

虽没报上名，我也平静，随缘吧，知识永远是学不完的，再说，或许还有机会——常常会有报上名的浙图听友，因临时有事无法前去听讲，将名额转让给我的。

于我而言，即便没有报上名，也是要厚着脸皮去现场试试的——找个角落坐着。我早就跟浙图的工作人员混熟了，只要还有位置，他们是不会赶听讲人的，这是我听讲多年的经验。

果然，听友苏兆静昨晚就主动找上我了，要把她的名额给我——或许名声在外,大家都知道我是雷打不动要去听讲的,因此,只要一有机会,他们都会先想到我。这位苏兆静听友小我几岁,亦痴迷在浙图学习、听讲,她爱读书,爱分享,最近还常写些感言。

这次讲座地点安排在位于西湖孤山的浙图古籍部,而不是往常的曙光路浙图总馆。那可真的是个好地方,能将西湖一览无余,浙江图书馆孤山馆舍还于 2019 年 10 月 7 日被列为全国重点文物保护单位。

2020 年 12 月 12 日,周六,午饭后,早早出发。下午 2 点半开始的讲座,1 点不到我就出门了。

红叶暖阳,人来车往,自行车上所见,沿途皆为西湖美景。

白楼,红楼……心怀虔诚与敬意,我把浙图旧址里里外外转了一圈,至于地下沉睡的那些史事,就不去惊动了。上坡,至藻思阁——能在"国保"里听一讲,实是人生之美事。

包伟民先生的这一讲,不仅给我启发,更让我找到了方向。

他说,自己正从帝王将相的史学视角转向平民生活日常,试图借助陆游传世的九千三百六十二首诗,回归讲故事这一传统,从稻作经济与市场结构两方面还原南宋时的浙东山会平原——《陆游的乡村世界》,以此来努力"走出当代史学概念化的困境"。

诚如包伟民先生所言，提及宋代大诗人陆游，大众心里第一个想到的就是"伟大的爱国诗人"，但通读其近万首诗后不难发现，陆游还是一个有着丰富日常生活的普通人，这样真实而丰满的陆游，却时常被人忽视，或者说是被爱国诗人的标签覆盖了。

此外，包伟民先生在《陆游的乡村世界》中关于"走出当代史学概念化的困境"的努力和实践，非常值得我们关注和学习，这不仅仅是一个工具、一种方法，更是对当下时代弊病的革新和探索推进。确实，不仅在史学上，很多行业同样面临"概念化的困境"，其火候非常难以把握。要么过于专业，晦涩到让人听不懂，要么过于肤浅。总之，处于两个极端的是大多数，能两者兼顾的少之又少。近来，在读龙泉窑相关书籍时，我深有同感。

显然，要破除"概念化的困境"难题，不仅要熟练掌握应用固有的"概念化"，还要融进"概念化"外的各种综合知识，这需要雄厚的知识储备，更需要融会贯通之能力。

我听完后，觉得这位 1956 年出生的人称"宋史大家"的包伟民先生似乎能一试。

"读史求智，取法乎上。"感谢包伟民先生的留言，受用一生。归时，夜幕已临。

2020 年 12 月 12 日于杭州曲荷巷 18 号

2021，我的浙图十周年

12月20日，2020年仅剩21天了。日子，迅速如流水。

前天，有好友问我上台讲课如何做到不慌，这是一个有趣的问题。我回答说，一是不要脸，二是肚里有货。

个人的焦急与努力，总是低效的、自我的，但也不应放弃。于我而言，一周七天里，总有那么两天让我很是期待，令我兴奋无比，思如泉涌，以至于连我自己都开始怀疑，我这一生就是因为有了浙图听讲的这美好周末，才能笑着好好地活着。

又是双休，又去浙图。2020年12月19日下午2:00，浙图文澜读书岛举行了2020年第二十四期（总第七十期）活动——"2020年终阅读分享会"。

这是浙图读书听讲人的盛会，这样的书香聚会，真要感谢像劳月先生这样的牵头人的执着与付出。

"每年一度，读书的盛宴，让我们知道了人生的丰富，知识的广博。每个人都可以分享自己的阅读感受，这才是读书岛的宗旨。"文澜读书岛岛主劳月先生如是题写。他，脖子上今天多了条红色围巾，亮眼自信。

上半场，颁奖总结；下半场，分享交流，每人十分钟，分享一本书。时间，总是不够用，特别是于爱读书、爱生命、爱生活的人而言。

听友贾灿园也走上浙图讲台，与我们分享《季羡林散文选集》，简洁明了，思路清晰。81 岁高龄的她，是我们读书的榜样，更是生命的榜样。她说，老伴走后，就靠读书听讲赶走孤独了。

丁云珍、郭慧娟、苏兆静、陈靖、李相彤、何水燕、董海楠……他们与我一样，爱读书爱听讲，与 120 岁的浙图相依走过一个又一个周末，风雨无阻。

读书，是福，读书，还有奖呢。今天，我们都领到奖了——文澜读书岛首次评选"阅读之星"和"阅读达人"，还有现场抽奖活动。我评上了"阅读达人"，奖品是自己挑的《瓷路人生》，还抽到了二等奖——一张价值 198 元的全年阅读券。

浙图，是我永不想毕业的大学。在这里，我努力找寻生命的宽度与深度，宽度便是继续听各种讲座，而深度我想暂时应该就是瓷器了。

感激之情，难以言表，恰巧我拿到了自己的新书《黄田故事——浙南闽北乡俗》，于是连夜签名并标记日期，带了四十三本，分送给各位听友，刚刚好，人手一册。

往年，我都舍不得送，也真是没有能力，毕竟每一本书都要用自己的工资去购买，实在力不从心。今年因为庆元县支持了三万元，终于让我也有了豪爽一把的机会。我是急性子人，立想即行，书一拿到，送得特别快，一千册书估计很快就会被我"败"光了。不过，书送给他们，绝对是适合的，他们会读书，珍惜书，爱分享，这样的机会难得，我必须抓住。

至于那张阅读券，我私下让劳月先生转交给在三门养病的书友梅玲飞了，她比我更需要，或许就能成为她战胜病魔的武器。

就要到来的 2021 年，将是我走进浙图的第十个年头，值得分享，值得记写。

傻傻地笑——2020 年度听讲表情包，感谢志愿者尹初给我拍的定格照片，我很喜欢。2021 年，将是我周末浙图听讲第十年。我会继续傻傻笑，傻傻听，傻傻记，傻傻写，傻傻讲……

2020 年 12 月 20 日于杭州曲荷巷 18 号

本本书，一本书

——十年浙图周末听讲有感

2021 年 1 月 17 日，周日下午，浙图文澜读书岛与灵隐寺云林书院在浙图总馆联合举办"唐风宋韵，品味书香"主题茶会。

有梅，有茶，有瓷，有书香，还有一群爱书人，尽管彼此并不熟识。

特意找个临窗位置坐下，我沐浴在斜阳里，靠近阳光，暖和一下。我还差点错过了呢，幸好家在浙图边，尽管在想起时只剩十五分钟，我也能立即赶到。

多去图书馆，多读，多听，多写，多讲，无疑能有效提升自我，遇见更多的美好。

2021 年 1 月 16 日下午，浙江大学张涌泉、刘进宝两位教授主讲叶文玲作品《此生只为守敦煌：常书鸿传》。这是劳月先生主持的文澜读书岛 2021 年第二期（总第七十二期)活动。

　　说起常书鸿,说起敦煌,说起黄沙,哪怕是用一生、用一世,也定然是讲不完、述不尽的,何况这样短短一下午。敦煌,于我而言,在南方远远望着,已足够有感动我的分量了。

　　常书鸿是一本书,敦煌显学是一本书,主讲嘉宾是一本书,主持人是一本书,听众是许多本书。

　　我常常环顾阅读这些书:退休后热衷于阅读推广的岛主劳月先生,八十一岁的"读书奶奶"贾灿园老人,爱读书且读后感越写越好的陈靖,期期义务整理录音的何水燕,每每来回拍照记录的尹初,乐于写作的白条鱼,年轻的志愿者赖得轩……这些老面孔周周相见,我叫不出名字的还有很多。

　　一人一书,我常常在他们身上读到一如"常书鸿"们那样的力量和美好,且他们就在身边,常常仅是相视一笑,就那样鲜活有力量。若要给他们来一个总书名的话,我想,定然只有三个字适合,那就是"中国人"。

　　浙图,是一本大书,把什么内容都写进去了,进去只需努力找到属于自己的那一瓢。

　　十年了,这周末,进浙图,我听着想着记着,何尝也不是在找自己的那一瓢,为明智? 为达观? 为修身? ……既是,也不是。

　　准确地说,我是在汲取一种神奇的力量,一种让生命前行的动能,它看不见摸不着,却又切实存在,亦如传奇故事里的那一股灵气。

　　我不需要太多，只需要有个小板凳，能静静坐下来，看着，听着，记着，会心一笑，便很知足了。听完课，走出浙图的那一刻，总感觉这世界是如此美好。

　　见贤思齐，显然不是照抄榜样，更不是简单模仿，而是对比与自照，寻找并唤醒自我，然后一以贯之，健步走向明天，便如樊锦诗女士所言"追随自己的内心，成为真正意义上的自我"。

　　我也常试着问自己，那个"内心"，那个"自我"，有吗？找到了吗？在这个时代里。

　　　　　　　　　2021 年 1 月 17 日于杭州曲荷巷 18 号

惊蛰后一天

2021年3月6日,周六,惊蛰后的第一天,春雨淅沥。

下午,在杭州植物园桃园里,共读书——这是浙江图书馆文澜读书岛春节过后的第一场线下活动。

我很少去杭州植物园,不知从何时起,门票已从5元涨至10元,记者证也不再享受免票了——一个没落的职业,在互联网时代,人人是记者,人人是自媒体。

一群人聚在一起,分享卢梭的《植物学通讯》,"小丸子"林捷和"圆蜗牛"徐媛媛是主讲——这个时代,昵称与名字并行,甚至昵称还更加为人所知一些。

"让我们在自然里得到滋养。"林捷说。

"做有根据地的自然观察,做持续不断的自然笔记。"徐媛媛说。

"低下身子,发现植物的美丽,发现世界的奥妙。"主持人劳月先生说。

"劳月"也是昵称,他真名叫岳耀勇,劳月是"老岳"的谐音。2016 年退休后,他成为浙图的阅读推广志愿者,办起了"文澜读书岛",三年来风雨不辍,一期不落。这是怎么样的一种精彩?

林捷是什么草?徐媛媛是什么花?劳月呢?我呢?人如植物,落地生根,便能向上生长。

还是卢梭说得好:"不管对于哪个年龄段的人来说,探究自然奥秘都能使人沉迷于肤浅的娱乐,并平息激情引起的骚动,用一种最值得灵魂深思的对象来充实灵魂,给灵魂提供一种有益的养料。"

这书,我没读过,没时间,也没兴趣,自从读了经典和青瓷以后,似乎其他书都没有什么味了。

2021 年 3 月 7 日于杭州曲荷巷 18 号

春分日听讲有感

2021年3月20日,周六,春分,满满新绿的一天。

浙江图书馆于我而言,总是那么的玄妙和不可思议,在这里听讲后,我总能见识到一个又一个新奇而美好的世界,见识从未有过的生命宽度与无限可能。

又是春茶季,每天早起读陆羽《茶经》——放置一年后再读,发现除个别地方外,障碍已不太大,基本能读懂了。

空了读《红楼梦》,在家里,一个字一个字地大声读出来。面对经典,感悟还是挺多的,但不敢下笔。唯独觉得,书里的刘姥姥就像我的亲姥姥,如此熟悉与亲近。

如此一天下来,我的时间,亦如孔乙己手中的茴香豆那样,不多了。

上一期的"文澜读书岛",我走进了植物世界,这期又进入了昆虫世界——浙江理工大学杨小峰先生给我们分享他的新作《追随昆虫》。这是一个精微的世界,物种如此丰富,就在你我身边,却被习惯性地忽视。

　　主讲杨小峰先生也是有意思的人,他所学的专业和本职工作是建筑学,却痴迷于不起眼的小昆虫,据说,他还会画画,会木工——一个精彩而多元的中年人。我坚信,杨小峰先生一手建筑,一手昆虫,必定会在将来碰撞出独一无二的火花,只是需要时间的发酵。

　　难以想象的是,他的这一兴趣,竟然是小时候被老师给逼出来的——小时候,老师要求他们每天写一篇四百字的日记,还摊派购买一本关于动物的书。他曾经对完成作业无比反感和厌恶,后来却在写日记、看书的过程中爱上了昆虫。

　　读书与写作确实是毫无门槛的,又是人人可为的精神享受,亦如无处不在的植物、昆虫,只是需要发现与持续地追随。

　　　　　　　　　　2021 年 3 月 20 日于杭州曲荷巷 18 号

戏曲周末，周末戏曲

这是一个戏曲的周末，抑或说这是一个周末的戏曲。

无论是戏曲周末还是周末戏曲，皆不重要，重要的是这又是一个快乐而有收获的周末。

生活总是如此无聊与平庸，急躁又繁乱的世界，乱蓬蓬的，还不如每周末来浙图冲冲，淡忘一些，总是好的。

本周末，浙江图书馆各种活动全面开放，很有春的气息与力量。

2021 年 3 月 27 日，世界戏剧日，晴好春风中，好戏连台。

名角茅威涛在杭州曙光路 59 号的蝴蝶剧场里，对话中国传统戏剧。我在她的言谈举止间，读到了坦诚、阳光、担当，以及对传统文化的责任与传承。

"周兄好，27 日上午 10:00 在曙光路有个我策划的'浙江图书馆藏戏曲文献暨柏龙华戏画艺术联展'展览开幕，28 日下午 2:00，在浙江图书馆总馆曙光路展厅，有个戏画鉴赏会，我主持，不知有没有时间来帮我捧捧场?"——浙图古籍部的陈谊先生不仅俏皮幽默，还深谙我之所好，爱为文化拉人头，早早就给我发来信息。

不去浙图，我还能去哪里? 对，就是浙图好，我此生都有兴趣。

舞台，不仅在中国，更在世界。我不懂戏，是戏盲，又是画盲，但我的心倒始终是热乎乎的。

我这周末啊，又岂能少了浙图——低着头，灰扑扑进去，仰着头，亮堂堂出来。

这个周末，不是看戏画，就是听戏讲座，做戏交流。总之，这是一个有戏的周末，且都与那 83 岁的戏画小老头——安徽芜湖柏龙华先生有关。

"乐宜偕众，画不藏家。"

"任凭生白发，信手写梨园。"

"小径容我静，大路任人忙。"

我的题字、签名等一系列要求，柏龙华先生有求必应，我都不好意思了。他还现场作画，三两笔，一个褐色长发的"丑角"便跃然纸上，还送给了我。

在浙图办过展览的画家很多，但如柏龙华先生这样大气的画家，还真不多见。

这个丑角，非常适合我，因为我在生活、工作、学习中，常常主动扮演丑角。能娱乐他人，丑丑也无碍。

还是策展的陈谊先生会玩，他在柏龙华先生一幅主题为"四郎探母"的水墨画前,竟然放起了京剧《四郎探母》视频,引得柏龙华先生乐开了怀。

显然,他们俩是知音,这一老一小,"在有趣的人群中散步"。

一生穷一业,柏龙华先生在画与戏中找到了独一无二的自己。这两天,我听讲、观展,慢慢被他征服,准确来说,是被中国戏曲征服——要知道,我可是一个十足的戏外人。

据柏龙华先生的爱人说,他是个勤奋人,早起晚睡,天天都在画画,来杭州才三天,天天嚷着,今天没空画了。想不到,这个笑眯眯的小老头,这么努力。

下午座谈会上,我发了言。我说,柏龙华先生一手中国戏曲,一手中国绘画,精准拿捏住了中国特色文化。我不懂戏曲,也不懂绘画,但我在看先生的戏画,特别是近年的作品时,却能感受到一种从心所欲的不羁与自由。

我也想画画了,也想学戏了,这个周末,又扩大了我的"野心",这是向着美好的野心,上周还想学古琴呢。

唉,我就是这样一个人,听一课,喜一样,各种美好,都想体验一把。只可惜分身乏术,平庸一生。不过,至少在周末,还是很开心的。

我也要努力了,努力如柏龙华先生那样活过八十三岁,笑着,画着。

2021 年 3 月 28 日于杭州曲荷巷 18 号

听讲，学做人

一

"在刷手机的时代，一群人围在一起读《红楼梦》，谈《红楼梦》，朗诵《红楼梦》，也有一点节日的氛围与感觉。想想还是挺让人感动的。"浙江工商大学张亦辉教授如是说。

2021 年 3 月 12 日开始，张亦辉教授每周五晚上在微信群里开讲《红楼梦》，以五回为单位，每次讲两小时。从此，人民文学出版社出版的《红楼梦》，挤走我的一切其他喜好。

这回，我可是下决心了，一定要一字一句把这部经典读完。

2021 年 4 月 18 日下午，张亦辉教授在《红楼梦》研读群里说："一段时间，本来是钟表的（钟表时间），当我们专注地读书、打球或深情地爱一朵花、一个人的时候，它就成了你的生命时光，并最终汇进你的人生。

"即便复述,也要复述那种如果你不去复述别人可能就无缘得知的东西。而不是复述那些大路货。另外,复述也可以是'创造性'的,它不仅是发现,而且也是体验与阐释。我希望这是自己与教授们的一点区别。"

此时,我正在浙图里听讲呢。

张亦辉先生说:"我从来不把读书看得太高,我自己看了一辈子书,但修养依然一般,爱心与耐心都还需要提高,性格也依然急躁。但我同时又看重读书,尤其是人文经典。一个人深读细读一些人文经典,至少可以懂得并培养一种人文情怀或精神底线:内心柔软,孤独而不寂寞,有情趣,有寄托,自利却不自私,不被物质局限,懂得爱与美的宝贵,让自己的存在有益于而非有害于这个世界。"

他还说:"我们除了向书籍学习,还需要向别人学习,向生活学习。要谨防死读书、读死书甚至读书死。""同样一本书,你能读出什么懂得什么,取决于你的心灵与目光,即温暖的、钟情的,同时是纤敏的和细致的目光与心灵。"

此前,张亦辉先生还引用了另外两条读书时获得的妙言,我也照录如下。

他说,第一条是法国作家保罗·莫朗在《旅行》中的话,莫朗喜欢赛车与速度,他这样说:"我向速度所要求的是,把我送到自己前面去。"其实这也是我们向读书向修行所要求的:把我送到自己前面去。

第二条是著名导演布列松在《电影艺术摘记》中对自己的期许："让那些没有你也许就从未被感知的事物被关注到。"这也应该是我们的研读尽力要抵达的境地。

二

我常常提醒自己，要珍惜现在有饭吃，有衣穿，老小安好，还能跟着智者、贤人们读书的好日子，把"等到退休后""等空了再读"之类的托辞，都赶得远远的。我不等，一刻也不等。

不论是读《红楼梦》还是听讲，我想，都应该读出一种阔大与包容来，理解与接纳各种各样的生命状态。

这个周末，我听了三场讲座。

"百年音乐经典。"——王勇

"不管用什么手法创作音乐，都要表现爱，传递爱!"——徐坚强

"生前不求闻达，死后无人凭吊，这可能是你们的共同命运，但是这不是我们不努力的理由。"——殷企平

以上是本周末的主讲们在我的听课笔记上留下的赠语。我小心珍藏，常见字忆人。

三

三场讲座,场场精彩。

就单说说徐坚强先生吧,一位年近七旬的音乐创作人,深情演讲,竟然连我一个乐盲,也被说得感动了。

一开场,他便说热,还向听众借扇子。不想,真有人带着,是把蓝色的杭州折扇,很淡雅。

"七十而从心所欲,不逾矩",在他身上,尽显无遗。

我想,只有坦诚,才精彩,才感人。

中华文化博大精深,特别是戏曲艺术更是中华文化中的璀璨珍珠,此次讲座,徐坚强主要谈了如何运用戏曲元素创作交响乐,如何用东方元素抒写西方文化精髓的交响乐。

从"评奖过多"的弊端,到"炫技的难听",以及对"乐器自身美"的呼唤,到"无调做人""戏曲全身都是宝",再到"旧城改造创作法""好音乐,是情感的自如收放",句句皆是作曲家的心声,很有见地。

见解独到,又能以自己的语言击中听众的心,他这样的现场讲座"曲子",还真不好创作,也不好演奏。

也是这一天,这一课后,我突然深刻感受到,听讲,其实是学做人。准确地说,是向智者、贤人们学做人。读书,亦如是。

2021 年 4 月 18 日于杭州曲荷巷 18 号

他，来杭州了

　　他，来杭州了，来到宝石山上的纯真年代书吧，带着他的新书《不践约书》。

　　对于他——作家张炜先生，我挺感激的。因为，他有一篇文章，对我影响挺大，于写作，于做人。那是他在2012年2月21日的《人民日报》上发表的一篇谈写作和人生的小文《文贵质朴，人亦如是》，配图是宋莉绘的漫画，上有题字："鹦鹉学舌，说得再好，也是别人的话。"

　　这篇小文，这几句话，自当年遇见后，我一直带在身边，还常常与他人分享。

　　不想，现在竟然能在纯真年代书吧见到他，我早早报名，期待满满。

　　天阴阴的，我早早吃过晚饭，上山坐等。

　　开讲时间渐近，屋子里挤满了听众，还有人直播，显然，都是冲着张炜先生来的。

　　主讲也多,艾伟、刘楠祺、赵思运、泉子、萧耳,作家、学者和诗人,济济一堂,热热闹闹的。

　　7点30分,活动准时开始。首先是纯真年代书吧主人朱绵绣致辞,随后是各位名家发言。只是这人多,话也多,整整一个半小时过去了,还没轮到张炜先生开腔。他离我很近很近,着深色西服、浅蓝衬衣,静静坐着、听着,背脊挺直,双目有神。

　　终于,主角张炜先生开口,一开口,便有浩然正气。

　　"大部分人,把我的原意给读反了,我其实是厌恶道德理想主义的。"

　　"到了无话可说的地步,大量批判都是简单地贴标签,非常可怕。"

　　"我写了2000万字,仍觉得不好,也不满意,写着挣扎。现在自由诗出路,仍要到传统文化里去寻找根基。"

　　"不践之约,是人生遗憾,但仍然不应逃遁,要践行诚信,努力践约,这样生活才有力量,不甘心,不放弃。"

　　"诗是我最爱的表白,也是全部文学的核心。"

　　…………

　　不践约,仅就我个人所亲历,体味颇深。希望努力践约,成为人人之自觉,而不是人人之口号。

　　"文贵质朴。"这个晚上,我拿到了张炜先生题写的赠语,特别高兴,又一本听讲笔记本记满了——这是第十三本了，将来一同捐给家乡的丽水市图书馆吧。

在听讲时，还遇到浙图古籍部陈谊先生，他仍然背着黑色双肩包。我们紧挨着坐，时时咬咬耳朵交流心得，所见略同。下山时，我俩一路谈乡土文学如何防止"打圈圈"，甚有启发。

24日，周六，仍在浙图里听讲，早上是陈正宏主讲"贵族事，何处觅——漫谈《史记》三十世家的架构与寓意"，他不愧是复旦大学教授，讲得到点，有思想，有见地。

下午，一边是陈水华主讲"鸟类让城市更美好"，一边是姜青青主讲"喜欢宋版书的N个理由"，我皆有兴趣，只可惜分身无术，只能先听鸟类，再听宋版书。

几年下来，周末听讲，还是浙图更适合我，纯粹，安静。或者说，是我习惯了。

2021年4月27日于杭州曲荷巷18号

天边有光

　　"在这个无底线追逐流量与热搜的时代,名气基本上是一个反向指标,文学与学术领域尤其如此。所以讨论的时候,请忽略名气两字。"张亦辉先生一语中的。

　　他,是有底气的学者。他的底气,是由一本本书慢慢堆砌成的。

　　最近,跟着他研读《红楼梦》,回到文本,回到经典,回到正路。

　　读经典,读时代,读自我。确实,于我这样深切感到生命有限的中年人而言,确实是要把每一秒都花在刀刃上的。现今如果再让我推广阅读,我定然会首推经典,特别是于成人而言,更应该主动靠近经典,阅读经典。当然,这与过去我曾主张的让孩子们"先爱上阅读""不拘于经典"等说法也并不矛盾,因为这是一个大人比孩子更加需要读书,更加需要阅读经典的时代,因为孩子们的路还很长。

这个周末,依然去浙图听讲。

上午是灵隐寺云林书院发起的"诗路梵影——中华特色传统文化系列活动"第一讲,由浙江工业大学卢家华先生主讲"禅宗对唐代绘画样式的确立及其影响"。

"平常心是道。"卢家华先生如此题赠。

下午,是杭州师范大学人文学院的"老黄"——黄岳杰先生主讲"舞台上的《雷雨》"。他有一头及肩的波浪长发,银丝掺半,留着山羊胡。

自 1987 年起,他三十四年如一日,坚持让戏剧进大学校园,让大学生演戏剧,参与体验不一样的角色。台下坐着的,不少是他带过的历届学生。

"天边有光,我们同在路上。"黄岳杰先生寄语。

为人师者,特别是出众的师者,确实是"天边的光",能遇见是福分,更是缘分,能受益一生。

这两位主讲都曾来浙图办过讲座,我也听过,若不是课间提及,我竟然想不起他们讲过什么了。

我,是健忘的。

2021 年 5 月 9 日于杭州曲荷巷 18 号

五月双周记

5月，我的日子继续。生活，继续；读书，继续；听讲，继续。

到5月21日，我读完了《红楼梦》前八十回，算是逼了自己一把。每周五，我依然听张亦辉先生精讲深读《红楼梦》，我边听讲，边回忆，边对比，边自问，我读时发现了吗？

5月15日，继续在浙图听讲，上午是浙江考古所孙瀚龙研究员主讲"金字塔和玉米神——科潘的纪念碑和石雕像"，下午是杭师大金佳老师主讲"拜厄特与沈从文——中国文化之旅的邂逅"。1988年拜厄特来中国，当时她要在南京出席一个活动，活动主办方希望她能给观众讲讲短篇小说，但拜厄特彼时并没有写过短篇小说，"当时觉得挺丢脸"的拜厄特，请主办方推荐一位中国作家的短篇小说来读，对方推荐给她的是沈从文。自此，拜厄特读了很多沈从文的小说，还受其影响开始创作"有中国风格的短篇"。

5月22日下午，继续在浙图听讲，听楚颖讲述"于斯为盛——古村里的千秋家国梦"，讲述她走读诸暨市斯宅的故事。

这个下午，我知道了民国时期创建的斯民小学的校训是"公诚勤恒"。也是在这个下午，我才知道，吃了这么多年的香榧，原来身上长着对"西施眼"，只要轻轻一按，就能轻易打开果壳。造物真是神奇，往常我都是靠牙齿来野蛮开壳的。

"海内存知己。"这天下午，平湖籍的丁云珍阿姨在我的笔记本上这样题写道。

"向浙江图书馆大学的在读博士致意，获取人文知识的最佳渠道！"这是何吉先生给我题写的。我算是浙图大学在读博士了？哈哈。

他们不是主讲，而是多年在浙图一起听讲的听友，我早早就想请他们给我题写一句话作为纪念。

读书学习，亲近艺术，靠近山水，多读经典。

2021年5月22日于杭州曲荷巷18号

父亲节与夏至日随记

　　6 月 20 日是父亲节,后一天,6 月 21 日,是夏至,也就是今天。

　　在我爸的脑子里,根本没有"父亲节"这个词,他关心的是,洪水混沙,别再漫田了,晚上能钓到几条鱼。他整天都笑呵呵的,不论见到了谁。

　　父亲节这天,我在想,我的父亲传递给我了什么? 是乐达与坚韧。而父亲的父亲,我的爷爷,又传递了父亲什么呢? 是淡泊与自立。那么我呢? 又能传递给女儿什么?

　　前一天,女儿独自在房间里整了一个晚上,搞得满屋都是刺鼻的塑料味,鼓捣出一份父亲节礼物——两枚书签,长长的穗,大红大绿的配色,正面底上"烙"着个淡黄小圆饼——那是她点起蜡烛,再将各色小丸子置入小圆盒,慢慢熔了,自制的。

　　这个周末,浙图共有九场活动,可惜分身无术。周六早上，是林凯先生主讲"在做题和解题中快速掌握逻辑规则"。这真是个令我头大的话题，感觉有些费脑，我中途撤了，明知自己短板，还是放过自己吧。

遂转身去考古类的图书架转转。遇见一本《龙泉青瓷在英国的传播和影响》（王拥军著，文汇出版社 2019 年版），借了回家翻翻。书中介绍了"大维德的纪年款龙泉青瓷"，这又令我再次萌发那个念头——收集整理并解读历代龙泉窑青瓷铭文，以此来弥补千年龙泉窑文献短缺之窘状。

后来，我去听了杭州师范大学外国语学院何畅教授主讲的"不完美的力量"，她所介绍的美国作家雷蒙德·卡佛（1938—1988）是位饱尝苦难的作家。何畅教授号召我们一起来读原文，再感受"负面美学"，一起来"呼唤新感受力"。

6 月 20 日上午，浙江工业大学卢家华先生主讲"禅宗思想对文人画的影响"。下午，复旦大学陈文宏先生分享"重新认识一代奇才徐文长"，他不仅讲了徐文长苦难的一生，更将其放置在晚明文学群体以及早期启蒙文化的背景下来谈，显得格外厚重。讲到《越望亭》"万里一亭孤，高城带海隅。不堪亭上望，帆落晚汀蒲"时，他不能自已，哽咽泪下。他们讲的都是陌生的作家，是"负面美学"的生命。两位先生都讲得很精到，听来受益很多。

夜，观古琴展演。琴，禁也，情也，我虽是琴盲，但也喜欢,天天相伴——听古琴,喝杯茶,看会瓷,是我每天的必修课。

2021 年 6 月 21 日于杭州曲荷巷 18 号

读道古桥想到的

　　周一上班经过天目山路时，我特意停下电动车，对着沿山河的道古桥拍了张照片——这座始建于八百多年前，以南宋数学家秦九韶的字"道古"命名的石拱桥，不仅与四位数学家有缘，更是原杭州大学的标志性建筑。

　　至少有五六年了吧，我每天上下班都会经过这里，但从未留意过这座石桥，更别提关注桥名。

　　如今关注这座桥，是因为我上周六在浙图听了讲座"思远山：杭大新村里的先生之风"，买了汤洵、唯敏编著的《西溪路五十六号》，周日又在家中看了一天，便对这座桥产生了兴趣。

　　我没有读过杭州大学，甚至从未走进过杭州大学。转眼二十年过去，如今仅存"杭大路""杭大新村"两处校名遗迹。幸好，还有杭大人汤洵、唯敏父女，捡拾杭大的残砖碎瓦，集寻逝去的点滴，令人动容。

　　不由想起我的母校龙泉师范学校——一所培养浙南山

区乡村小学老师的普通师范专业学校，规模很小，每届只招两个班共 90 个学生——也于 2000 年前后被并入他校。道古桥畔的杭大，那些遗存还有人来捡拾，而建在金沙寺遗址上的龙师呢？没有。

听了讲座，看了书，傍晚回来，我特意去西溪路绕骑一周，那里已是杂草丛生。看过后，读起书来，杭大新村里的先生们的点点滴滴、贤人遗事，于我又多了一分吸引力。

2021 年 7 月 12 日于杭州曲荷巷 18 号

七月中周末随记

又一个周末,大晴天。

周六上午,听了一场有关鲁迅的讲座,下午,到天竺路26号的一杯活法·灵隐茶膳空间参加轮读《老人与海》活动。

天竺路我还是第一次来,这里密林蔽日,回望"三竺空濛"牌坊,竟有种看到了空蒙幻境的错觉。

归途中,我寻思,为何还要有阅读推广人呢?读书这么美好而有意义的事,竟还要专人来推广?

周日,浙图无讲座,遂去浙博孤山馆,想看看瓷器展。我早早来到大门口,却见队伍长长,于是我转而来到浙江美术馆。这里有阿克苏农民画展,有建党百年画展,还有主题展"看得见风景的房间"。对各种艺术形式,我都挺喜欢的,至少很乐意去接触、去了解,最近我就在了解昆曲艺术。

昆曲导演丛兆桓先生曾说,作为"百戏之祖"的昆曲,原有艺人能演出的昆曲有600出,但解放后至今,传着传着,到如今会演的也仅剩二百多出了。昆曲传承困境,也令我十分担忧。

午间,在路边店解决午饭,再到劳动路"盛和集古"赏龙泉窑古瓷——又一中国独有的文化符号,我也非常喜欢。

晚间,张亦辉先生在"文学驿站——我读故吾在"群里发布了新课消息——7月23日晚上起开讲"陶渊明的沉默诗学",计划从四方面讲述:①陶渊明的《归园田居》;②陶诗的简奥与深浅;③《五柳先生传》的眼目;④《桃花源记》的三种读法。

他也是个闲不住的人,尽管毫无回报,仍然主动备课,积极开讲,惠及大众。且他还坚持讲他人所未讲,句句求原创,课课谋新意,这又需要怎样的付出和积累?他真是一位优秀的读书人,令我敬仰。

确实,一个人的才学,不应只用于追逐名利,而应该主动向前跨一步,带动身边的同胞崇学向善,以此来促进民族的进步。

自觉与他觉,于中国读书人来说,是两门必修课。

特别是在和平年代里,如此心怀大爱的读书人,更是多多益善——这是我国文化之基石与希望所在。我也乐意追随在先生们身后,努力学习,以带动更多人,这是有意义的美事。

说回陶渊明吧。前段时间读完《红楼梦》后,我开始晨读陶渊明诗集。对《拟挽歌辞三首》体现出来的那种豁达、淡泊、通透,我感到特别震撼。

如今,张亦辉先生要开讲陶渊明,这又能逼着我回头复习,大声诵读上述有关篇目原文——这是好事,自己本来也在走,如今有人推一把,定会走得更快更好。

2021 年 7 月 19 日于杭州曲荷巷 18 号

初秋观展有感

孤山路往常是人山人海的,但在 9 月 4 日这天早上,我前往位于孤山路 25 号的浙江省博物馆时,大门正对面的,放置在西湖边的长椅全都空空如也。按我估计,往来的游客仅有往年高峰时的一两成吧。梧桐树下,一群人围着嚷嚷。原来,树上掉下只松鼠宝宝,软乎乎、毛绒绒的,还没睁开眼呢。我第一次见,众人也都不知道该怎么办,可怜的娃。

浙江图书馆线下讲座又叫停了,入馆人数限量,门口排起了长长的队伍,我避而远之,开始转战各大博物馆,独自去走走看看。

我已经通过读黄宾虹先生作品感知先生之遗风,但还想再来看看真迹,看看他的"浑厚华滋"是如何具现在原画上的。

我要努力补上作为一个中国读书人所应掌握的中国文化经典,一本一本,一课一课,在余生里不断补下去。最近,我开始读汤显祖的《牡丹亭》，这样的动念始于听了丛兆桓先生、周秦先生主讲的昆曲系列课程。

我还听了邱振中先生主讲的系列讲座"中国书法：从书写中生长的民族精神"，其于精微处的解说，令人受益匪浅。我也开始调整自己，以望能在新的认知中，慢慢深入，更上一层楼，实现新突破。

此前，我还听过丁承运先生主讲的"道法自然，天地同和——论古琴的文化精神"，同样也有触动和收获。如今每天写文、读书、喝茶、赏龙泉瓷时，我也会放些古琴曲作为背景音乐，虽然我并不懂音律。

"好"大家都会说，但具体好在哪，却不是每个人都能答得出的。同一个主题、同一本书，或者同一个人物，若要识其独特精微之处，以及背后核心的人文精神，仅一次听讲、一次阅读、一次观展，显然是远远不够的，还要由浅入深，细细体悟，深入，再深入，这是个无穷尽的过程。

好友常劝我，莫要贪多，应择一业深入研究下去。然而，我还没找到一个能从一业终一生的美妙事。因此，我也只有凭借兴趣与热情，从多方面入手，夯实基础，以图未来的厚积薄发。

"内美"的黄宾虹先生，穷其一生，以超常人的人文修养，成为"画之大者"，令人高山仰止。伫立在先生八十九岁时的作品《湖山初霁图》前，我感受到了笔墨的丰富和震撼人心的力量。

在浙博里,黄宾虹艺术馆的对门便是常书鸿美术馆,我早年去过,这次又去快速转了转。尔后,转去看"昆山片玉——中国古代陶瓷陈列"。瓷器也是一座中国文化高峰,也是我特别喜欢的,总是看不够。

午后,至劳动路"盛和集古"赏龙泉窑,听他们论道书画收藏趣事,晚上与同学季盛和小酌一杯,结束了快乐的周六。

2021 年 9 月 6 日于杭州曲荷巷 18 号

周末随记

一

一场原定于 8 月 7 日举行的《秋之白华》《多余的话》阅读分享会,一再延期,直到 9 月 11 日下午,才在浙图一楼党史书房里举行,这也是劳月先生主持的"文澜读书岛"第八十七期活动。

我是浙图常客,也是"文澜读书岛"的老朋友。

在此前一天,教师节,劳月先生就行动起来了,组织书友来到实地开《西溪路五十六号》阅读分享会。

那天下午,一起走进西溪路 56 号,我才知道我敬仰的"一代词宗"夏承焘先生当年的住所就在大门入口处。

此处有群贤,多绿,又安静,我想,若能在这样的地方安家,真是个非常不错的选择。

劳月先生在下午分享了几个观点,他说:"在大学里,先生给予学生的,不仅有专业知识、学习方式和治学态度,更

147

有生活的情趣和豁达的态度。"

"我们感悟到,中文系不是故纸堆,中文系的学子不该成为老夫子,而应该充满生命力和创造力。"

"人的脸,要有两张脸或者是多张脸,有一张用来工作,还有一张用来生活,这样才有生命应有的真实、乐趣与活泼。"

说到教师节,我也常想念自己的老师,唯有年年短信问候。

二

周六下午,劳月、金谦分享《秋之白华》《多余的话》。

说来惭愧,我对瞿秋白先生,除名字外,知之甚少,更未读过他的书。这次分享会,我也是一脸茫然,唯有跟着书友们,慢慢走近瞿秋白。

劳月现场朗读了《多余的话》最后篇,我第一次走近瞿秋白先生的文字,很有力量,特别是最后的诀别文。显然,他是一个热爱生命、热爱生活的读书人。听着听着,我被感动了。诚如书友所言,"(瞿秋白)价值远远未被发现和认识"。

如此真诚、直白的话,其实一点也不多余,那是生命本真最后的流露与告别。如此善言,贴近生命,真挚而热烈,在我看来,是人性之大美。

三

9月12日早上,去浙江美术馆看"浙江版画百年艺术特展",一圈转下来,有几点感想与收获。

第一,凡大家,皆通才。想不到,大文学家鲁迅先生在近代版画史上还有如此地位:"历史将 1931 年鲁迅在上海举办暑期木刻讲习会标志为中国新兴木刻运动发端。"另一大家李叔同亦如是:"早在 1910 年,浙江省立第一师范学校内,李叔同已在品评学生新镌的稚拙木刻。"

第二,凡佳作,皆易懂。版画我喜欢,但却是十足的外行,面对展出的如此多的优秀作品,每每走过,在对比中,总能发现特别吸引我的。比如,有几幅作品黑白对比极为强烈,线条简洁,特别亮眼。后来我才知道,这些作品都是近代版画大家赵延年先生的大作。看来,但凡出众的,不论懂或不懂,都能看得明白。因为,大美总是能打动人心。

第三,家乡丽水在近代版画史上的地位,令我吃惊。近代版画大家杨可扬先生,就是遂昌县西畈乡举淤口村人。若是能沿此展开,做深做细,定能挖出许多有趣的故事。

多进图书馆,多进美术馆,多亲近艺术,多亲近美与善,定是不会有错的,也定会有非常美的遇见。

总之,读经典,亲贤人,向着大美,前进。

2021 年 9 月 16 日于杭州曲荷巷 18 号

踏踏实实

读唐诗,怯下笔。最近,晨读清人沈德潜《唐诗别裁集》,感慨颇深,文字功力离古人已甚远,仍需努力。这书系中国美术学院钱伟强先生讲座中所荐,当即购得,却久置未翻,今始捧起,晨读一两页,也就不想放下了。

"习字需踏踏实实,想要脱出俗流,则要在平实中生出险妙。"清代诗人、画家、书法家何绍基说。于"平实中生出险妙",是成为大家之精微处。"横平竖直"是何先生一生的坚守。

2021年12月1日,"涵抱万有——何绍基特展"在南山路138号的浙江美术馆开展。

多彩落叶季,主动亲贤人。12月2日下午,我抽空去看了展。

中国美术学院版画教授陈聿强说:"真诚是艺术创作的内核,只有从作者自己心中萌发和滋生出的枝芽,才会散发出馨人的芳香。"浙江美术馆一楼有他的"上善若水"展,我对丝网版画知之甚少,只见画上的鹭鸶鸟毛茸茸的,活灵活现,真是个艺术品。

高校、美术馆、图书馆,皆是一个城市不可或缺的文化艺术高地。

前人皆已悟尽,今人见贤思齐。

2021 年 12 月 3 日于杭州曲荷巷 18 号

年底随记

一

2021 年 12 月 19 日,周日,晴冷,西湖孤山楼外楼前人少,三三两两,已不足昔日之一成。

摇船的,开出租车的,收停车费的……皆闲着晒太阳,伸个懒腰。

周末,继续转战浙江博物馆,独自,来回,反复看,皆会有不一样的发现与心得,很有趣,这个"昆山片玉"的固定陶瓷大展,已然成为浙江陶瓷文化高地。

一个纹饰,一件陶罐,一种釉色,皆值得细赏,甚是有味,背后连接着的是民族与文化,是一辈子都学不完的。这看展,确实亦如读书,要求遍数,求熟悉,讲坚持,尔后才会愈加喜欢,也才有再往深里走,往宽处拓之可能。

无所事事,不如学习,驱赶孤独。

每每看到这些历经千年淘洗后的文化遗存,技艺如此之精巧,便会对这个民族的未来信心满满。

亦诚如张亦辉先生在 12 月 21 日晚"小说研究"最后一次课中给中文系同学的临别赠言所云:"你们最近看到了,流量与明星是靠不住的,所以要少刷手机,多读经典。任何一天醒来,《安娜·卡列尼娜》都不会崩塌。"

二

"紫云恒勤久,瑞雪常明白。"近来无事,读唐诗,为女儿郑紫瑞拟了两句,也算是期望吧。

下有小,上有老,都是我的开心宝。

做木匠的父亲,虽没有读过书,也不会写字,但每天为我点评书法。只要我把每晚习作发到群里,他除了鼓励外,还能凭感觉,指出不足,如字体大小不一,笔画流畅程度有问题,等等,他皆能看出,并讲出个一二三来。比如,周五我与女儿边聊边写字,心不在焉,他竟然能看出我那天的作品比前一天的差很多。

他还形象地说,写字,就如我们手下刨出的刨花,只要又匀、又薄、又长,接连不断,那就是好手艺。

2021 年 12 月 21 日于杭州曲荷巷 18 号

看一眼，足矣

　　有微微的不舍，临近中午时，我打开包得严严实实的纸板包又看了眼，就寄出了。在前一天，我还说不看的，以免深爱上，但实在没忍住——先贤笔迹，远比照片上精美。

　　2021 年 12 月 29 日 12：44，这封写于 1945 年 8 月 29 日的聘书，起程前往宁波市图书馆。

　　薄薄一页纸，窄窄一封信，却记载了中国近代两位著名学者在上海光华大学的交集：写信人是宁波朱公谨先生，他是我国高等数学教育的奠基者；收信人是常州蒋竹庄先生，他是著名教育家、中国佛教史学家。

　　这是朱公谨先生手书给蒋竹庄先生的聘书。信封与信笺，品相皆完好无损。

　　信封是牛皮纸做的，高 20.8 厘米，宽 11.3 厘米，上有手书竖排墨字"专送蒋竹庄先生台启"，另一侧竖印有小红字"光华大学校长室缄"。

　　信笺上印着红色竖条格，右侧底部印有"光华大学校长室用笺"字样，高 30.3 厘米，宽 20.3 厘米，内容如下：

聘　书

迳启者兹聘请台端兼任中国文学系主任，时期以本学期为限，至祈俯允担任为荷。

此致

蒋竹庄先生

私立光华大学副校长兼校务委员会主席朱公谨（朱公谨印）

中华民国三十四年八月廿九日（光学大学印）

明天，宁波市图书馆馆长徐益波先生和特藏文献部的万湘容先生将会静迎先生手迹回家。

见字如面，先生手书回家，回宁波市图书馆，美好而有意义。

光华大学是民国时上海一所著名的综合性私立大学，1925 年成立，胡适、徐志摩等著名学者曾在该校任教。1951 年 10 月，以大夏大学和光华大学为基础，同时调进圣约翰大学、复旦大学、同济大学和浙江大学等高校的部分系科，在大夏大学原址上创办了华东师范大学。

其实，朱公谨先生曾经工作过的华东师范大学图书馆也非常想要这份资料。这都要怪我心急了。12 月 28 日下午,我先是通过浙图陈谊先生联系了华师大图书馆,一时未有消息。到下午4点左右,我又通过浙政钉联系上了宁波市图书馆馆长徐益波先生,他很重视,动作也快,立即让万湘容先生联系了我,我们很快就在手机上联系好捐赠事宜。这时,朱公谨先生的手札还在从松阳到杭州的路上。

到了晚上,华师大图书馆胡晓明先生托陈谊先生来电商量。陈谊先生认为,这样重要的名人手札去华师大更合适,也更有学术价值,当然最终还是由我决定。

我略想了一下,当场回复陈谊先生,还是决定捐赠给宁波市图书馆,一来是已经先答应了宁波市图书馆,二来是朱公谨先生手札回到宁波余姚老家也很合适,三来我自己是浙江人,也想先生手札能留在家乡,留在浙江。至于华师大,只能将来提供高清图片了。

都怪我心急毛躁,人为制造了这样的尴尬和笑话。

这份朱公谨先生手札,是12月25日夜里,我从松阳王志坚先生那里买来的。那天,我无意中从王志坚先生的朋友圈里看见手札照片,见字迹如此工整,一看便知作者定非常人,再粗查资料,便知这是一份非常珍贵的史料。

那天,王志坚先生开价两千元。我囊中羞涩,想让他便宜点,并讲明不是倒卖,而是捐赠。王志坚先生就让我自己报价。我颇难为情,壮着胆,报了个低价八百元,竟然成交了。我打心眼感谢王志坚先生的成全,虽从未谋面,我也很敬佩他,因为在他眼里除了利益外,还有对文化的热爱。

这些年来，我多次从他处购买文史资料，可以说是见一件，购一件，捐一件。就在 12 月 29 日早上，他又把一册松阳"周关义订"，"民国十四年（1925）夏月立"的讼稿簿（宽 13.3 厘米，高 20.2 厘米）手稿，以一百五十元价格给了我。我委托他直接寄给了遂昌县档案馆馆长肖陈明先生，该馆收藏有大量的民国司法档案，需要这样民间散本的汇集，每增一册都是珍贵的。几年前，我还有幸在龙泉遇见安仁沈庄多份司法民间手稿遗存，以七百元购得，捐给了龙泉市档案馆。

晚清民国司法档案是极其宝贵的文化遗产，主要收藏在龙泉与遂昌。能增添一份，是我的福分与荣耀。

我是一个常常遇见美好的人。

在购得朱公谨先生手札的晚上，我也用毛笔在信笺上简单记录了遇见手札的经过和感想："……数学奠基人手迹，见字思贤，民族脊梁，精神长存。暂存以备将捐赠国家，回归大幸，记之。"这次，连同自己的五本签名书，一并捐赠给了宁波市图书馆。

说实话，自从遇见朱公谨先生手札那一刻起，我就没想过留在自己手上，原因有三：一来，我作为读书人，总想着国家将来。我一生平平，未为民族发展创过什么大业，如今遇见了，理当要尽全力，或牵线，或捐赠，助力其回归到最适合的地方，而不应该任其流失。我始终坚信，文物只有给国家,才会被善待。二来,这样不可多得的名人手迹,于我个人和我的家庭来说,无非一己一时之乐,家里也不具备保存的专业条件,若将来流失或损坏,那真是大罪过了。三来,赏玩这样的物件,需要有深厚的文化积淀,我也细审过自己和家人的素养,暂时也似不匹配。因此,还不如第一时间找一个合适主人,早早送出,也心安。若是将来我和家人想看了,只要拿上证书,随时都可以去拜访的。

"光华"二字,寓"光我中华"之意。面对光华大学曾经的先生,我自是无比敬仰,能看上一眼真迹,亦知足矣。

2021 年 12 月 29 日于杭州曲荷巷 18 号

2022 年，到图书馆去

——写在 2021 年的最后一天

2021 年最后一天，晴好，晨读李白。

一大早，收到宁波市图书馆寄来的快递，除了两份朱公谨先生手札捐赠证书和收藏证书外，还有一册《一笑堂诗集》，一份"到图书馆去"的盒装新年日历，一个文创帆布袋。精美而有意义，这才是最适合我的新年礼物。

这个"到图书馆去"，极适合送给女儿当新年礼物，这是"学而第一"的寄望，值得一生勤而行之。

2021 年就要过去了，我近五十的人了，依然平平常常，读书写字，听讲写作，上班下班，庆幸这是家人安好、国泰民安的一年。

上有老，下有小，一事无成，一生过半。这又有什么办法呢？也唯有读书来驱赶种种不安与不快，过去的 2021 年如此，即将到来的 2022 年亦应这样。

总之,2022 年,到图书馆去,多学习,学而第一,不忧不惧,或许还能遇见更多的美好。愿你我在新的一年里皆安好,国家亦如是。

2021 年 12 月 31 日于杭州曲荷巷 18 号

这破扇子该如何修补

——听读王旭烽中篇小说《柳浪闻莺》有感

又酸又热！这是 2022 年 3 月 13 日傍晚时分，我一口气读完王旭烽中篇小说《柳浪闻莺》后的真实感受，浑身又紧，又热，又酸。或许，是因为这春日多变的天气吧，时晴时雨的。

此亦如女主人公垂髫的台词所说的那样复杂，"女小生嘛，也不是男的，也不是女的，也不是不男不女。是什么呢？是亦男亦女！"——世事与生命的灰色地带，是如此丰富多彩，难以言说。

我忽然想起，昨天王旭烽女士在分享结束后，在给我签名途中，还停下来，给一位求教的女生不停解释和画图。她画的是很多个同心圆，我当时看不太明白，现在好像有点知道了。

昨天下午，我在清波街道党群服务中心二楼参加浙图文澜读书岛第九十九期《柳浪闻莺》朗读分享会,现场买了书,又喜获王旭烽女士题写的"柳浪闻莺"和签名后,直到今天下午,才读完全书。

刚拿到书时,装帧有点没看明白——内页是连起来的,读完书才知道,这是仿折扇的精心设计。

我与王旭烽女士也有过交集,早年因工作一起出过差,又听她讲过茶课,在回程车途中,她还拿着我的文章,又聊了许多,她还给我女儿题写过寄语……深得恩惠,心存感激。她总是不急不躁,有求必应,如此平和,至今依然。

"她是一个跨界才女,会谱曲,能唱歌,还会手风琴,等等,这些都是除了你们所知道的她,比如曾学史,会写作,又工于茶等之外真实的王旭烽。我是她的发小,知道真实的她。"袁敏女士如是说。

说实话,我不好小说这一口,因此王旭烽的作品读得并不多,准确说,是没有认真读过。这次因为听讲,将她的中篇小说《柳浪闻莺》一口气读完,感慨万千,有种相逢恨晚的惊喜感。

《柳浪闻莺》是"西湖十景"系列小说中的一部,作者将故事安排在柳浪闻莺公园附近,涉及涌金门、闻莺馆、万松岭、中国美院等真实地段,以越剧、折扇等具有浓厚地方特色的艺术形式为背景,讲述了两个越剧女演员垂髫、银心和折扇艺术家工欲善的爱情故事。根据小说改编拍摄的电影

《柳浪闻莺》3月5日在国内院线上映,入围第24届上海国际电影节主竞赛单元。

我读完后不禁自问:"这是爱情故事?"是,又不是。在我看来,若当作爱情故事来读,肯定是没有问题的,但显然过于肤浅了。这哪里只是"爱情故事"?虽然全书只有8万字,但是内涵十分丰富:既有人物性格的冲突和互补,也有越剧和杭扇艺术的展示;既有对传统艺术形式落寞的思考,也有对商业功利侵害文化艺术的抨击;既有理想与现实取舍的苦恼,也有戏剧与生活选择的迷茫。

故事的最后,工欲善并没有和垂髫在一起,他考到了北京,考研,读博,出国,许多年后娶了一个洋人妻子。但他送给垂髫,被垂髫退回,又被他撕坏了的桃花扇始终伴随着他流浪的行囊。

当他带着洋人妻子再次返回杭州,再次听到伤感的极具东方特色的曲调时,他不知道要如何修补那把破碎的桃花扇……

——这破扇子该如何修补?这是爱情的扇子,也是传统文化传承的扇子,更是中国文化象征的扇子。若是替换成越剧、扇艺、西湖、南山路等等,皆是现实的"破扇子"。

女主人公垂髫的命运与选择,便是"越剧是很伟大的"的真实写照与缩影。这是妥协,还是抗争?工欲善、银心、垂髫,这一男二女三位主人公,皆有着自己的人生选择,各自都有独属于自己的"破扇子"。

读完小说后,再来回味王旭烽女士讲座时分享的一席话,便明了了。她说:"西湖之美,那是一种无法言说,无法告诉人之美,有惆怅,有暧昧……"

"十个故事,都有不同的对应,从文化到哲学的思考。"

"三潭印月最难写,对应的是佛教文化,从追求真相,再到善良,以及极美的体验。"

"这便是修补人心的西湖,是美的意义。"

…………

王旭烽还说,这套"西湖十景"属于地域文学,需要自小生长于斯的地域感情积累与升华,希望找十位杭州姑娘来演女主人公。可惜这次电影导演不是杭州人,而是北方人。

在我看来,创作地域文学是非常不易的,极易因过于熟悉而写得过细,进入死胡同,反之又会过大过空,真非一般人所能为,必须有能在大与小、熟悉与陌生、古与今等之间来回自如滑翔的能力。王旭烽就具备这样的能力。

她当天分享了一个为主人公起名字的亲身经历。她说,早年,她曾独自到南山陵园里,把墓碑上的四万多个名字手抄一遍,再慢慢琢磨,后来陆续选用到小说里。如此听来令人头皮发麻的事,恐怕也只有她敢做能做吧。

她还说,男主角名字"工欲善",若改成"龚欲善",便索然无味了。如主角"银心"之所以不是"金心",那是人品的成色,足见作者之精心设计与讲究。

在春日里，在杭州柳浪闻莺公园对面，一群人朗读着《柳浪闻莺》，并分享阅读心得，真有如梦境之玄趣，银心、工欲善、垂髫……是那么远，又那么近，仿佛我只要走在南山路，或者漫步在西湖边的柳条下，他们就会微微一笑，与我擦肩而过……

"早年，我说过自己于写作，是沉醉，是迷醉，是热爱文学。现在，我热爱的是茶。"王旭烽说，"有一次生病打吊瓶，我特意让医生打左手，留出右手写作，用手写，还是用铅笔。"

这表现，与小说女主角垂髫家里数代人痴迷于越剧的表现如出一辙。这或许就是她们修补这把"破扇子"的独门秘诀吧。每个生命，一生都需要不断找寻，直到找寻到适合自己的修补方式。

剡溪上的艄公、垂髫的妈妈和外公、琴师、小王夫妻等小说里不起眼的龙套人物，虽着墨极少，却不可或缺，他们是主人公们生动存活的社会大舞台的基石，比如，垂髫嵊州老家祖上那一句"越剧是很伟大的"，就博大而深沉。

有意思的是，我读书时，竟然也能从男主人公工欲善的身上，读到些同自己相近的脾性，当然，他喜扇，而吾爱青瓷。

事实上，每个人心中都有一幅《桃花得气美人中》，那便是修补"破扇子"的良方，你找到了吗？至于那《柳浪闻莺》电影，暂时还没有去看的冲动。

周末，听读有感，是以记之。

2022 年 3 月 13 日于杭州曲荷巷 18 号

人化，自化，化人

——写在浙图文澜读书岛第一百期之际

　　走近浙图，走近文澜读书岛，安家浙江图书馆边，我成为一位普通的见证者，见证了文澜读书岛走过的五十六个月。

　　2017 年 8 月 5 日，浙江图书馆创办阅读推广品牌"文澜读书岛"，以"阅读，分享，发现"为宗旨，以"嘉宾分享＋互动讨论＋读者分享"的形式开展，倡导通过讨论，发现阅读的意义。

　　在文澜读书岛第一百期阅读分享会来临之际，浙江图书馆策划"阅读，碰撞，分享"百种探索主题展览，将文澜读书岛历次活动推荐的九十本好书整合推荐给读者，继续"阅读，碰撞，分享"之旅。

　　4 月 9 日上午，举办了年度"阅读之星"与"阅读达人"颁奖仪式与座谈会。不知多少年没拿过奖的我，竟获得了

"阅读达人"奖——原来,每日家里晨读,也是有奖的,浙图大学,总是给人惊喜。只有得了奖,才能参加第一百期的特别纪念活动。给我的奖品是一张读书卡,我转赠给了期期必至的志愿者何水燕——一个曾经给我村里孩子买过礼物的善良读书人。

下午,是文澜读书岛的第一百期活动——分享"我和书的故事",来了许多书友:手绘读书笔记的胡其伟,痴迷植物学的林捷,以书战胜手机的郑炜炜,"文革"窃书的陈慈林,喜欢收藏报刊的寿葛平,还有陈靖、李相彤……他们侃侃而谈,妙语连珠。读过书的人,就是光芒四射,真的很不一样。

这是同好者的畅所欲言,这是人间最美的四月天。在这一切的背后,有领读人劳月先生和浙图乔静仙老师默默付出与努力的功劳。

"在我六十岁退休以后,用了五十六个月,把文澜读书岛坚持办到了第一百期。在我七十岁之前,我一定会努力坚持到第二百期,一本一本地读下去。"劳月先生坚定地说。他还说,读书是传染病,要扩大传染到更多人。

如此坚定,如此年轻心态,真令人佩服。我在他眼里读到了读书人特有的责任心与情怀——这是一个民族的底色与希望。

我常说,浙江图书馆是我的大学,我是一个永不毕业的学生。安家浙图边上,除了那里厚厚的书是我的老师,所见之人也都是我的老师,见之听之,令人受益无穷。

在文澜读书岛第一百期纪念座谈会上，我也做了简单的发言，谈了读书的五组关系：静与动，深与浅，中与外，读与写，我与国。

"无功不受禄，惭愧！荣誉受之有愧，中奖率超高托大家的福。自思唯有多读书，向书友们学习，爱护读书岛，才对得起一个接一个的惊喜。"转车三小时才到家的韩娟大姐，此段留言甚好。她是个幸运的人，两天都中了奖——一个华为手环，一本《望江南》。这个周末，于她而言，定是美好的。我亦如是。

望江南，江南望，静待，劳月先生和文澜读书岛第二百期。

补记：

"江南四月，落英缤飞；茶香四溢，友朋群集。"作家王旭烽在我笔记本上的题词，短短十六字，道尽这个周日下午的美好。

茶博边，绿荫里，2022 年 4 月 10 日下午，我参加了浙江图书馆文澜读书岛第一百零一期活动——走读"茶人三部曲"。

这是我第一次参加走读活动。一行人于下午 1 时在杭州植物园门口集合，在园内景点玉泉观鱼边听讲，然后步行经过浙江医院，拐进龙井路，来到盖叫天墓前，再折返至中国茶叶博物馆边上，聆听王旭烽讲述创作的故事。

书——一个令人眼里有光、心里亮堂的美好字眼。

人——始终是最能打动人的,也是最有力量的,不论是书里的,还是书外的。

这十八位参加走读活动的书友里,有人要换乘三个半小时公交车才能赶到,但她们仍然乐呵呵地赶来。如果说是什么魔力在驱使,我想,那一定是快乐,一定是有趣,而且一定是内化的,与他人无关。

2022 年 4 月 10 日于杭州曲荷巷 18 号

听、说、读、写的学习闭环

——为参评 2022"汪浙成阅读之星"作

学方知无知,乐学之恒久。

自 2011 年从丽水调到杭州工作以来,我特意将家安在浙江图书馆边上的曲荷巷,在这十一年里,浙江图书馆成为我永远不愿毕业的大学。

学而第一。坚持走进图书馆,与书香相伴,多听、多说、多读、多写,努力实践,以期形成听、说、读、写的学习闭环。

多听——见贤思齐

自 2011 年我来杭州以后,利用安家图书馆边上的地理优势,与诸多读者朋友一起,坚持每周末去浙图听讲,乐此不疲。我习惯坐第一排,习惯边听讲边做笔记,到如今笔记本已达十三本,还收集到不少主讲的签名与寄语,计划将来捐给家乡的丽水市图书馆珍藏。通过长期听讲,我不仅增加了知识面,而且学会读书,学会思考和改变,见贤思齐,学会做人,将个体与国家民族紧密联系在一起,坚持做一点点读书人应该做又能做的美好小事。

多说——以讲促学

作为一名长期泡在图书馆的读书人,在思想与见识上,确实应当要有一点儿不一样,否则读何书?读书有何用?唯有自觉从身边做起,从小事做起,从独乐乐到众乐乐,一旦有条件有机会,就主动努力做好阅读写作推广,促进文化进步。自 2014 年以来,我坚持以讲促学,在全省各地学校、图书馆、大学等,先后开展了以阅读、写作、读书、图书馆等为主题的公益讲座,到目前已进行了一百零七场,讲好图书馆故事,分享学习点滴,引导更多人走进图书馆,爱上读书,爱上阅读和写作。演讲是利人乐己的大好事,是自我学习与内在转化的过程,更是读书人服务社会的有益实践和尝试。上台讲,知学之不足,能促使自己不断学习,不断释放,形成一个良性学用循环。

多读——专深厚积

读书,是件值得终身为之的美好事情,更是一种漫长的厚积过程,有苦也有乐。自从进入浙图听讲后,我努力按照主讲老师的建议,不断调整阅读方向,改进学习方法,从过去的默读到如今的诵读,从以往的凭兴趣读书到如今的侧重读经典,从过去的浅读过渡到有选择的深读、专读。近几年,我着重反复读《论语》《老子》《唐诗别裁》《红楼梦》等经典书籍,倍感中华文化自信。同时,还根据个人喜好,将龙泉窑类书籍作为兴趣深读的重点,试着去实地访瓷并记录。如今,除特殊情况外,我每天晨读半小时以上,并坚持发朋友圈,以影响带动身边人阅读与写作。同时,试着把图书馆带回家,助力乡村振兴。自 2016 年以来,在家乡浙江省庆元县黄田镇双沈村,与五位乡贤一起创设了"朋来·天真"崇学基金,连续六年的正月初一,在村里文化礼堂开展"读论语,发红包"阅读推广活动,在浙西南山区里掀起一股崇学热潮。

多写——乐以恒久

写作,是读书学习内化后的输出实践,也是一件有深远意义的大好事,急需重视与推广。这些年来,我坚持在 QQ 空间记写听讲阅读笔记,一共完成了一千零六十一篇,并按不同主题编辑成书,出版了《老爸,作文我不怕》《作文,我们都不怕》《作文 PK,谁怕谁》《老爸,去图书馆》《黄田故事,浙南闽北乡俗》《龙泉师范金沙路 21 号》等图书,另外还有部分书稿在等待出版中,以期能影响更多人。此外,我还组织开展"亲子作文 PK 赛"推广阅读写作,连续七年主动担任杭州市国画院美术馆国学班班长志愿者,和大家一起学习,一起进步。

走进图书馆,方知自己之无知,方知要努力多读书,此小结所谓的个人学习闭环,只是一点点浅见,这只是刚刚开始,我还有许多路要走,仍要继续努力听说读写,直至生命终点。

致敬图书馆,特别致谢汪浙成先生——卖房设奖。应浙图推荐申报参评此奖,深感荣幸与不安。

补记:

未能评上,但无憾。

2022 年 5 月 11 日于杭州曲荷巷 18 号

悲凉的底色上有亮色

——听陈慧女士讲座有感

终于又开始了，久违的浙图线下讲座——文澜读书岛，在 2022 年 11 月 5 日下午如期举行。

进入浙图，到处可见编号堆叠着的纸箱，搬迁已在有序进行中，位于转塘的浙图新馆即将启用。

今天，浙图来了一位特殊的作者——《世间的小儿女》作者陈慧。她短头发，黑皮肤，穿一件灰白冲锋衣，黑色裤裤配同色短靴，踏上浙图讲台，拿过话筒，开口便讲，难怪会被冠上"野生作家""菜场作家"之名头。

毫不避讳，直面人生，她坦然无畏，她全盘托出——这在浙图的主讲人中，是少见的。

她是一个每天晚上 9:00 准时关机睡觉的普通女人，自称"糙人"。

"70后",江苏人,职高毕业,二十一岁当裁缝—远嫁余姚—摆地摊—卖烤香肠—生病—离异—卖小百货,这一路走来,在努力生活,安顿好儿子后,宅家写作,只为了寻找心灵的出口——至于连续出版了两本书,这完全是她在 QQ 空间持续写作后的意外产物,用她的话说,就是一切皆因"暗夜犯贱"使然。

"坚持自己的内心,过自己想要的生活。"——陈慧
"像陈慧那样,做一个平凡但自信的普通人。"——劳月

这是讲座结束后,主讲人陈慧和主持人劳月分别留在我笔记本上的寄语。

"人生来都是平等的。大家人格都是一样的。"

"写作,也不觉得有什么了不起,如同打牌,是为了支撑自己的心灵。"

"活着的底色,本就是悲凉的,但一定会有情趣,有善良,有美好。"

"写身边熟悉的人,写每天听到的人与事,我写的全是生活里捞出来的干货。"

"我不会上互联网找素材,如今刷三天短视频,脑子就空白,真是远不如看三天的书。"

台上的陈慧快人快语,自由畅快,特立独行,真诚而直白——这是一种历经风雨后的淡然,固执而无畏,才能如此

直击人心。

她有如一个孩子般率真，在她身上我读到了一种时下难得的自由与"野"。

有如陈慧女士这般，每天面对如此多生活在底层的世间小儿女，悲喜同在，活力无限，不论写谁皆有撼动人心的力量。事实上，每个人都有属于自己的写作资源，只不过许多人熟视无睹，就此错过。

"写作是没有门槛的，无关乎其他一切，想写就写。但写作也是有门槛的，至少需要具备两种能力：一种是运用语言文字的能力，一种是观察生活的能力。善于做什么，不善于做什么，在这个时代里，我们是需要有清醒认识的。"劳月先生如此总结，我亦深以为然。

眼睛常常向下的人，一定走得远，走得好。一个个"世间小儿女""小人物"便是陈慧眼睛向下，从周边寻找到的写作对象。

听其言，能知其文，显然，陈慧也是世间的小儿女中一员。唯愿世间的小儿女，都能在生活悲凉的底色上，仍然有善良，有笑声，有直言，有美好。

真字为贵。一起努力做个通透的明白人，有底色，更要有亮色。

2022 年 11 月 5 日于杭州曲荷巷 18 号

良渚 "草包泥" 存松阳

　　开卷有益,随手翻开一册早年购入,由姬翔、宋姝、武欣三人合著的《物华天宝:良渚古环境与动植物》。

　　这书是在浙图听讲后购买的,以表对年轻学者的支持。当时我还要了作者签名,又加了作者微信,但听讲完后,未曾细读。

　　随手翻着,不想,竟然在书中有新发现——

　　第 192 页,记述了被考古人员称为"草包泥"的东西,还配有实物照片。这是良渚古城遗址里的一种"建筑神器"。

　　这张照片勾起了我的回忆,我赶紧翻看手机相册,果然,这种"草包泥",我在松阳县樟溪乡力溪村见过。

　　9 月 25 日那天,我在村里走过时,无意中瞧见,感觉比较有趣,猜想可能是古老的农耕文明在乡间的遗存,于是匆忙用手机拍下。后来,还专门请教过松阳的朋友。现在回想,拍摄地点应该是在力溪村村行政楼对面左侧,公路边的一座泥房子里。

在蛇皮袋普及之前,村民就地取土,外用稻草包扎,就做成了一个"草包泥"。将"草包泥"逐个垒起,等干后便坚固有如一堵泥墙了。

在书中,考古人员对这种"草包泥"包裹方式进行了复原,与松阳相差无几。

不想,松阳乡村里的"草包泥",竟然与五千年前的良渚文明"建筑神器"是"同款",这真是一个奇妙的巧合——农耕文明在乡间的活态传承,如此久远、完好,真是令人称奇。

第二天早上,我立即联系作者宋姝女士,将松阳"草包泥"照片发给她,希望能对他们的考古有帮助和启发。

有意义,又有趣,乐而记之。读书自娱,读书通达,仅此而已。

2022 年 11 月 28 日于杭州曲荷巷 18 号

2022 年学而感记

　　来杭州第一年，我做出一个选择，现在看来，是明智的。那就是与浙江图书馆为邻，安家曲荷巷 18 号。同时，十年如一日，坚持做两件事，未曾间断，渐成习惯：一件是周末走进浙江图书馆，去听讲，做笔记；另一件是 2015 年到北山街 38 号的杭州国画院美术馆，跟着顾大朋教授读《论语》，一周一节课。

　　我坚持做的这两件事，就有如读了两所大学，使我的知识结构悄然发生改变，前者导我向博、散、杂，后者引我向精、深、专，以期能形成听、说、读、写的学习闭环，以求学之通达，以求生命之通透淡然。

　　学，觉悟也。如今，我每天早上起床洗漱完后，就如小学生一般大声诵读经典，至 7:40 吃早饭，8:00 出发上班。

　　居善地，心善渊。书香之地，当属善地，能入者皆是善贤人，值得深交与学习。

穷则独善其身,达则兼济天下。若学有余力,仍时时以劝学为乐,唤醒周边之人一起读书,以助力民族整体灵魂之向上。

在杭州,我常会约上周边好友,进浙图,去听讲,去读书——当然,以对方不抗拒为前提,这也成为我独特的待客之道,留下了很多难忘的美好回忆。

上周六,我就约上仙居的王乃江先生,一起走进浙图的"文澜读书岛",听周玲丽老师分享《我将独自前行》读书心得。这是日本六十三岁老人若竹千佐子的处女作——写书不怕晚,诚如作者所说:"自己想做事情,就去做,就这么简单。"

那日下午,我俩听讲交流结束后,沿着曙光路向西,踏着满地梧桐叶,步行至西湖小学对面,在路边的小饭店里点两道热菜,上一小瓶劲酒,再各来一碗饭,饱餐一顿后,漫步至西湖黄宾虹像前,赏夜西湖,畅话人间种种,又步行至地铁口,相互告别,乐融融,淡如水。

临行前,我将下期要分享的《图说中国绘画史》一书相赠,约定下周六浙图再见。不想,王乃江先生读书快,动笔也快,其快速专注,值得我学习。他还说,本周六,浙图见,还约了好几人同行——传递书香。

在这个崇学的民族,不孤单。

11月30日,气温骤降,下午1点多,杭州城区漫天飞雪。

　　12 月 2 日,雪止。午间,独行西湖边,试拟一首《午独行断桥》自娱:

　　　　　　骤冷两日雪,斑斓景已异。
　　　　　　时时皆不同,惜叶惜时人。

　　春,近了。

　　　　　　　　2022 年 12 月 2 日于杭州曲荷巷 18 号

乐学养生

闰二月,春寒料峭。

年近半百,老老实实,回到原文,回到经典,把年轻时未读的书慢慢补上。晨读《唐诗别裁集》两遍,又选了《王维集校注》来读。

晨读后,热上两只刀切,一碗稀饭,吃得颇香。亦会在心里念起居陋巷的颜回,"一箪食,一瓢饮",亦乐之。回能乐之,咱也定能乐之。

生命总要不断向前,不断学习,不断自我突破——试图从浙江图书馆和杭州国画院出发,到各个博物馆和美术馆,一点点拓展开来。

十年如一日地坚持周末去浙图上课,把生命消耗在我喜欢的学习上,对此,我从未动摇,亦从未后悔,时时庆幸能拥有就在身边的快乐与幸福。

早上八点多,骑上电瓶车往南山路方向进发,先至中国丝绸博物馆,听美国纽约时装技术学院关仕俊(Vincent

Quan)教授在新猷资料馆做"传统文化在现代商业中的活化设计——一位美国教授眼中的文化创新"讲座。

不想,竟是全英文讲座,幸好有翻译。我坐在其间,似乎又回到了学生时代——真羡慕年轻人的活力。

关仕俊先生提前准备了一箱巧克力做道具,不停投掷互动,课堂气氛生动活泼。我是个英语盲,此时倍感学习外语之必要。

近午时分,匆匆转一圈后,离开前,我提醒自己,哪天午后有空,要再来看看这里的"一曲新词——宋韵文化创新艺术作品邀请展"。

这一上午,从曲荷巷出发,经曙光路、保俶路,拐入中国丝绸博物馆听讲,再经南山路、杨公堤、曙光路回到曲荷巷,足足绕行西湖大半圈,烟雨湖面,风景如画,骑行其间,一路哼着小曲,真是美滋滋的。

一个下午,有三场讲座同步开讲。我先在一楼听了会"法治细节",再上二楼听浙江大学周振江先生主讲"漂洋过海来中国的土豆",讲得虽然没有想象中的好,但听听也算是增长知识。我也不知是自己眼界和分辨力提高了,还是主讲们发挥得不好。

周日下午,又去浙图听讲。又是二选一,正堂入门立着两块粉底指示牌,一左一右两个相背的箭头,似乎怎么选都有遗憾,索性跟着感觉走,选一个,走下去,便是了。

最后，我去二楼听了杭州电视台杨莅老师主讲的"语言表达是人的第一能力"。

站在台上的每一位主讲，总是努力把自己的经验分享给大家，相信他们一定很快乐。而坐在台下听讲的，听到的都是精华与美好，自然会成长得更快一些，也更美好一些。

我也常慨叹自己之笨拙，开窍之慢，听了这么多年，除了感到快乐，依然那么普通。管他呢，开心就好，继续前行，此乃余之养生之大法也。

2023 年 3 月 25 日于杭州曲荷巷 18 号

读书日记事

——写在 2023 年世界读书日之际

本周日（4 月 23 日）是世界读书日，日阴夜雨，气温略降。

疫情三年，憋足的热情有如喷泉涌出，各种活动此起彼伏。难怪王旭烽在浙图台上坦言，仅在周六这一天，她来回奔走，参加了四场读书分享活动。

"美丽的世界，即便已碎裂，亦将会重生。"王旭烽在我带去的《三潭印月》扉页上题词。相识多年，她对我总是特别关照，对于我的签名题词，更是有求必应。

4 月 22 日，从下午到晚上，应是我记忆中收获名家题词最多的一天，足足有六人。

"腹有诗书气自华，教导在他乡。"——南京大学文学院

莫砺锋先生

"能不忆江南。"——中南大学文学与新闻传播学院杨雨先生

"读书乐。"——浙江古籍出版社原社长寿勤泽先生

"最撩人春色是今年。"——浙江京昆艺术中心杨崑先生

"读书最乐,读书是福。"——浙江图书馆古籍部主任陈谊先生

句句经典,值得收藏。

因将来是要捐赠给家乡的丽水市图书馆做馆藏史料的,有如此高尚而有意义的理由,我底气就足了,也更有动力了。浙图工作人员与诸位学兄皆知,此前我已捐赠14册笔记本给丽图,也总是乐于成全,为我创造机会,也令我无比感激。

下午,有三场讲座在浙图同步开讲,我选择了南京大学文学院莫砺锋先生主讲的"唐诗宋词与现代生活"。

莫砺锋先生75岁高龄,头发花白,但身体硬朗,思路清晰,全程脱稿,出口成章,简洁明了,语言浅白易懂,又自成体系,两场下来竟无一口误。

晚上,他用自己的亲身经历,为我们解读图书馆之夜——青灯是良伴,黄卷是故人。他从杜甫讲到陆游,再到苏东坡,讲的皆是人品、文品兼具之贤人。

关于读书,莫砺锋先生主张读经典,特别是唐宋诗词,他读了一生,还读出了"唐宋诗词"和"唐诗宋词"之别。有意思的是,先生早年学的是英文和理科,因为语文老师循循善诱,他才拐到了古诗词之路上来。

一听讲,近贤人,能忘百忧,减少内耗,引人向美向上。

晚上,这场以"阅沐书香,共话江南"为主题的第二届全民阅读大会长三角"图书馆之夜"活动,连线各地,走进古籍"国宝",邀请读者夜访图书馆,夜读名家好书,夜游江南好景,夜品书式生活。

关于读书,"文澜读书岛"岛主劳月先生这样认为:"每一个人有每一个人的读书方式,不必勉强,不必苛求,也不必学样。但是,基本的要求还是有的,那就是以读为本。读书可以有功利目的,但只有超越了功利目的,你才能真正领会阅读的快乐。"

4月23日晚上,他走上蝴蝶剧场升降舞台,站在聚光灯下。这个晚上7点,第二届全民阅读大会"春风里"阅读盛典,在黄龙洞边上的蝴蝶剧场举行,来了钱文忠、马未都、唐立梅等一批文化名人。

感谢"浙图大学",感谢"文澜读书岛"给我一张福利票。

在这个读书日里,还有一件文化事,关注度非常高。作家六神磊磊发文称,嘉兴市将拆除由金庸先生生前捐建并购书的金庸图书馆。

消息一传开，议论纷纷，嘉兴市相关领导表示，绝对不会一拆了事。

读书日，我唯一提醒自己的便是：做好自己，终身学习——晨起大声读书，晚上手书日记，但行好事，莫问前程。这是我的选择，也是我的乐事。

2023 年 4 月 23 日于杭州曲荷巷 18 号

五月，喜乐盈门

5月25日，晴好，早上自杭出发，去宁波市图书馆——早就想去看看。

我曾向宁波市图书馆捐赠过两次，皆是经过宁波市图书馆万湘容先生之手，但从未到过实地，一直挺想去看看，亦如自己的两个"女儿"远嫁他乡，去看过了，也就安心了。

万湘容先生热情接待了我。进库房，听讲解，虽未见到两个"女儿"，但馆里的"乔石书房"，给我留下了极深的印象。乔石是舟山人，但其遗存的两万余册藏书以及大量书画，却全部"落户"在宁波市图书馆。万湘容先生说，2017年4月，他去北京参加文献整理工作，把"乔石书房"整体搬迁过来，除了窗帘与地毯，包括椅子、台灯、沙发等等，全部运回宁波，再依原样陈设，整体展示。

宁波有幸，令余欣喜。

这得益于甬图人"抢先一步"的精神，我在两次捐赠过程中也有深切体会。2021年12月28日下午，当我联系馆长徐益波先生时，他立即让万湘容先生第一时间同我联系，抢在了华东师范大学图书馆前头。

我想，这是因为宁波人骨子里比较主动吧，更是因为甬图人骨子里对文化的敬重与虔诚。

看过了"乔石书房"，对远嫁的两个"女儿"，我很放心，以后如有遇见，我仍然非常乐意捐给他们。

图书馆是一个地方的文化高地，我深信，这里的工作人员的言行，最能显见一座城市的文明水平，我相信书香长久浸润的力量。

26 日早上，我去了仰慕已久的天一阁博物院，在阁前久坐，汲智者之香。

作为读书版的编辑，图书馆和天一阁这样的地方定是要多来的，这样工作起来才有兴趣。

无比感慨，出了西门，晤见《丽水日报》原同事、庆元老乡吴雪梅——她已退休安居宁波。我们一起步行绕月湖，再至宁波站。

在月湖，吴雪梅向我讲述了吴冠中先生赶车前创作《双燕》的故事："1980 年，吴冠中先生和他的研究生钟蜀珩到宁波写生，在乘火车前半小时匆匆画下沿路的一幕，也就是素描《宁波水乡》，这幅作品一直在吴冠中心中酝酿了许多年，他在 1988 年终于把它画成水墨画，又在 1994 年画成油画。2018 年 12 月 6 日晚，这两幅画在北京四季酒店举行的保利 2018 秋拍现当代艺术夜场上亮相,吸引了众多藏家眼球并受到追捧。经多轮竞价,以 4000 万元起拍的纸本彩墨《双燕》,最后落槌 4700 万元,加上佣金以 5405 万元成交;稍后,以 7500 万元起拍的油画《双燕》,被竞价到 9800 万元落槌,加上佣金,最后以高达 1.127 亿元成交。油画《双燕》不仅创下吴冠中油画作品拍卖竞价的第二高价,同时也是当年国内第一幅拍价过亿元的油画。"

我们在午餐时,聊到了吴雪梅家乡的月山村文化。我建议,应主编出版一本《月山·春晚》,我会全力支持的。不想,一拍即合,我们立即行动,但愿能成。

宁波,我很少去。一到站,我便收到"书藏古今,港通天下"的手机短信提示——书香的底气,便捷的交通,发达的经济,宁波人是很有底气的。

2023 年 5 月 31 日于杭州曲荷巷 18 号

祝贺"浙图大学"乔迁

——写在浙江图书馆之江馆开馆日

2023 年 8 月 29 日下午 2 点整,浙江图书馆之江馆正式开门迎客,一百二十三岁的浙江图书馆的之江时代全新启幕。

与此同时,浙图曙光路馆照常开馆,复归简单与平静。事实上,馆舍的新与旧,于真正看书人而言,并无多大直接关联。读书是份孤独的慢活儿,需要私密与安静,更需要专注与持久。读书不是去观光看热闹,只去一回,拍个照,发一发朋友圈就可完事的。

如今,浙江图书馆坐拥三家国家级文物保护单位——杭州孤山路馆舍(1910 年)、大学路馆舍(1931 年)和湖州市南浔区嘉业藏书楼(1920 年),还有曙光路馆舍(1998 年)和之江馆舍(2023 年)。

回望浙图成长之路,似在渐渐远离西湖,远离主城区,作为普通读者,唯有遥望与祝福。

我个人更加喜欢称浙江图书馆为"浙图大学"——它不仅是图书馆,更是一所开放式的大学。

自 2011 年只身来到杭州,在无意中进入"浙图大学"以后,我就再也没有离开过,周末听讲,风雨无阻,中午还能回家睡觉,这日子过得令无数人深感羡慕。

一晃便是十二年,"浙图大学"已融为我生命的一部分。在这里,我有乐趣,有收获,从未想过要毕业,而从今天开始,周末就要到 17 公里外的之江新馆去听讲了,还会常去吗?我心里也没底了。

这 12 年听讲,改变了什么?我又收获了什么?我收获了广博的知识,见识了众多贤人,开阔了心志,提升了素养……我从图书馆不断汲取力量,在这个过程中,顺利融入了一座原本陌生的城市,也使学习成为一种习惯,持之以恒,学有所用,构筑出听、说、读、写的学习闭环。

2023 年 8 月 22 日至 23 日,凤凰卫视纪录片《图书馆里的中国》摄制组宋亚辉、刘旭、王永生一行三人,专程从北京飞到衢州,再转动车,行至偏远的庆元县黄田镇双沈村,对我在家乡持续七年举办的读书活动进行细致拍摄,这是第一拨深入的发现者。

8 月 23 日下午,他们又随我一起返杭,一路拍摄。8 月 26 日至 27 日,又对我进行持续两天的跟踪拍摄。

8 月 26 日上午,在北山路的西湖边取景。下午,对曙光路浙图的文澜读书岛"重读经典"之《三国演义》阅读分享会进行现场拍摄。自行车,帆布包,皆是好道具。

27 日早上,到我居住地曲荷巷附近的黄姑山横路一带取景。晚上,又在北山路上杭州国画院美术馆地下教室里进行了一个多小时的专访对谈,忙到夜里 8 点半仍未吃晚饭。至此,在浙江的拍摄告一段落,第二天,他们奔赴南京。

对这三人组,我印象深刻,也深受感动与启发。带着如此之多又如此沉重的设备,他们即便身在西湖边,也完全无心欣赏美景,而是不厌其烦地拍摄、回放,再拍摄、再回放,不行就再来一遍。还有那总没有赶上正点,又匆忙用完的一日三餐,因为生活,因为热爱而敬业,于我而言又是生动一课。

在这个趋快、急躁的年代里,我也不知道,他们为何还会将镜头对准一个如此偏远的浙南小山村,为何要跟拍我这样一个浙图普通读者。宋亚辉导演说,他们是从全国各地报上的材料里择选,再上报评议,最终确定下来的。在五集纪录片里,我是唯一读者代表。

我从事这行多年,深知其中利弊,深谙"人怕出名猪怕壮"之理,因而一直平静以对,从不去主动策划,当然,来也欢迎。平淡才是真,坚持去做就行了。

这次拍摄,似为在我"浙图大学"的 12 年周末听讲画上了一个圆满的句号。浙图主馆搬去了之江,而我依然静居在曲荷巷——我是搬不动了,面对高不可及的房价,穷秀才真是无能为力了。

年休结束了,完成了第七年的双沈读书活动,一切又将归于平静,唯有安心读书,过好每一天,珍惜所拥有的。

安家图书馆边和把图书馆带回家,此二乐事也,短短人生,值得一为。就在浙江图书馆之江馆开馆这天,我萌发了一个想法:将这 12 年来浙图听讲的点滴重新整理出版,以此来慰藉我生命中最为宝贵的 12 年——这是极为真实而有意义的 12 年。

值此之江馆开馆之日,目送远去的"浙图大学",唯有祝福满满,感恩满满。

2023 年 8 月 29 日于杭州曲荷巷 18 号

别九迎十

从九月迈向十月，由美术馆到博物馆，时光飞逝，杭州又将迎来绚烂多彩的秋季。

一场亚运会，杭州精心备起多个大展，机会难得，不可错过，付诸行动为要。

一场"大道无极——赵无极百年回顾特展"，在杭州南山路上的中国美术学院美术馆里展出。

整个西湖和周边的各种展览皆无须门票，偏偏赵无极这个特展要收一百元门票，我对此颇有微词——但仍然是要去看展的。这可是一场花费两千万元引进的跨国特展。

观展后，又阅读画册，收获了赵无极先生于1937年写下的一句话——"困难是等着你克服而设立的！"

值！见贤思齐，向美向上，能量满满，先贤大家总是值得学习的，哪怕就三言两语，能有启发，也是幸运的。

同时期，"意造大观——宋代书法及影响特展"也在南山路上的浙江美术馆里举办。我去看过三次，仍然觉得看不够。

作为书法外行人，有两个落款震撼了我：一个是赵孟頫的《洛神赋》落款，"大德四年四月廿五……"工工整整；另一个是"青藤道人渭"落款，"人"字那一撇飘逸洒脱，让我印象深刻。此观展之惊喜，趣味无穷。

大师之高明，在于细微之处皆能动人心魄，非静心细心，难以发现其中玄妙。

多次观展，折服之余，也坚定了我每天用毛笔写日记的决心，日用为上，持之以恒——此我观展之主要目的，有动力，有启发。

此外，杭州博物馆还有"以古为新"展，杭州西湖博物总馆有"高山仰止，千古一人——苏东坡主题文物展"，等等，文化盛宴一道接一道。

观展我更习惯独行，自由自在，反复观，慢慢来，读读文，看看画，与古人对话。

2023 年 10 月 12 日于杭州曲荷巷 18 号

人文关照

　　浙江图书馆不愧是浙江的文化高地。在喜迁新居——之江新馆后，依然不忘记关照曙光路 73 号老馆的读者们，照常迎客，主动设讲。这也令我真切感受到其独特而周全的人文关照。文以化人，关照每个生命个体，是一所图书馆该有的柔软的样子，暖暖的，令我欣喜又感动，无悔十二年安家浙图边的决定。

　　图书馆，不怕多，之江新馆惠及转塘片，曙光馆仍在坚守。安心读书，在哪都一样。

　　周末两天，桂香怡人，我听了三场讲座，拜访了两所博物馆，赏了一场"宋韵台州"原创台州市民乐音乐会，又晤两位挚友——黄岩张良、庆元吴志平。观展又听讲，乐融融，丰富又快乐的周末。

　　如今，除了走进图书馆，我还走进博物馆和美术馆，丰富精神生活，一点点拓展知识外延，增加宽度，一点点拔高生命的高度，积累生命的厚度，丰润生命，赶走不快与烦忧。

一瓷一画,一笔一画,每每见之惊叹,真心为民族文化感到自豪,吾辈当努力传承。

10月14日早上,去浙图曙光路馆,听倪莺老师主讲杭州"鸳鸯故事多"。一群鸳鸯,一座城,一群人,相互关照前行,与其说是人与自然和谐相处,不如说是鸳鸯给人们以慰藉与希望,在人类看来是双向的美好,鸳鸯会怎么想?

下午,同张良兄一起来到杭州西湖博物馆总馆,听陕西考古研究院研究员、副院长王小蒙讲述"士人雅好——从苏东坡到吕氏家族"故事。亲历考古,讲述就很不一样,值得一听。张良兄很是好学,他一来杭州,就直奔博物馆,刚好赶上。

听后,观苏东坡主题展。晚上,又一同在省人民大会堂观赏"宋韵台州"原创民族交响情景音乐会,真想不到,台州的民乐如此有冲击力。

10月15日下午,与张良、吴志平齐聚浙图曙光路馆,听国家图书馆李际宁先生讲述"从雷峰塔经到普宁藏——江南早期的佛经刊刻"。这是浙图新开的"江南刻书史系列"讲座,颇有专业深度。

桂花飘香,宝石山下,三人相聚,小酌一杯,微醺之时,话不尽的文化事。

志平兄临行前留下一书——他新出版的《援川散记》,还特意带来两本信札,以供我写日记,甚是感动。志平学兄,相识有三十载矣。

夜,打开书,见扉页上题写有:"一年前大彬建议出书,今终成,以此致谢! 吴志平 2023.8.11。"会心一笑,深受感动,我当时随口说说,他却当真了。幸甚。

若是一言能促成一书,能成文之美事,余当倾力勤而唠叨之,乐此善业。

2023 年 10 月 16 日于杭州曲荷巷 18 号

听讲感言

四个听众，一位主讲。如此惨淡的光景，我在浙图曙光路馆听讲十二年，还是第一次遇到。这天是 2023 年 10 月 21 日，周六，秋至始凉。

9:10，临时翻到浙图公众号，发现有嘉兴市图书馆古籍部主任沈秋燕主讲"一生私藏皆化工——金蓉镜与双桂堂藏书"的消息。此时，距开讲只有二十分钟，再次庆幸安家图书馆边，方能赶得上。

话书，如此冷遇，大概也是时代使然。"比高校强太多，高校教授讲美学，台下只有一个学生听讲。"浙工大艺术学院彭鲲兄闻讯，如此留言。

与之形成鲜明对比的是高票价的演唱会现场，台下的人山人海。观之感之，一声叹息。

人少到四五人，沈秋燕却依然乐在其中，此学人之境界也。她始终不慌不忙，始终平和，丝毫不在意台下人多人少，这多少还是令我感到意外和欣喜的，这样的淡定背后有多少书籍在支撑呢？确实，读书这样原本就是寂寞又向内的私事，又何须人多，何须热闹呢？

下午，至南山路 89 号杭州西湖博物总馆，听郑嘉励先生讲述"南宋徐谓礼墓与徐谓礼文书"，浙江考古界就数他能文能侃，将专业与好奇揉搓成小汤圆，让人一口一个，食之不腻。

郑嘉励先生是玉环人，早年，我读他的《考古四纪》，深受启发与"刺激"——书中关于庆元竹口的记述，一语点醒我这个庆元人，此后我才开始致力于推进家乡文化建设。

讲座结束后，郑先生为我留下寄语"考古知今，读书怡情"。

周日早上，赶到南山路 212 号潘天寿纪念馆，听吴永良先生女儿吴珍之导览讲解。观之，听之，叹之。传统笔墨天地宽。吴永良先生笔墨与精神不朽。

结束后，再去浙江美术馆观展，竟巧遇连环画大家钱贵荪老先生，他还给我们签名、合影。八十八岁的钱老先生名气很大，但为人谦和，有求必签。他在我的笔记本上题了"艺术长青"四字，并在展册页上签名。

这个周末，收获甚多，第一时间告诉丽图人，只希望将来家乡丽水市图书馆，也能办一个名人手迹展。

2023 年 10 月 22 日于杭州曲荷巷 18 号

日常记事

下午,我去浙江图书馆参加"文澜读书岛"第一百二十三期活动,读者甚多。

图书馆这样的地方,哪怕没有一个读者,只要建在那里,便会有一种自带光芒的教化功能,那种感染力是时时存在的。亦如古代的文学名篇一样,无须读懂内容,便自带光芒。

今天是书友任美茹分享《你当像鸟飞过你的山》。这书我没读过,时间不够用,心也仍然散着,也不强求了,听听就好。有了手机,读纸书的人越来越少,读书活动免费送出的书,也常遇难觅主人的尴尬。现在人习惯"百度""复制""粘贴",反而让脑子不好使了,也不知这是进步还是退步。

"腹有诗书气自华",读书人自有独特的气质,总是能体现在脸上。诸多常到浙图听讲的听友,皆是读书人,听他们之言,亦是一种享受和学习,有如在读一本无字的时代之书。

2023 年 2 月 12 日于杭州曲荷巷 18 号

读《画家李震坚》奇遇手稿记

——浙派人物画开山鼻祖李震坚先生与安徽王涛 先生师生情的见证

一

我眼中的文化名人，要"出圈"于丽水市以外，是文化界之翘楚，是业界无法绕开的大师，经得起时间反复淘洗，人虽已故仍"活着"，仍时时被人念及，且影响力日渐提升。

缙云的李震坚先生（1922—1992）应当便是家乡丽水的当代文化名人代表——他是公认的浙派人物画开山鼻祖和奠基者。

2023 年 7 月 25 日下午，我到浙江美术馆观看典藏速写艺术研究展。展厅的两处极显眼位置，展有先生于 1980 年和 1984 年创作的钢笔人体速写，1962 年新疆、西藏写生六幅，以及另外四幅速写小样，线条厚实又灵动，观之能触动我心——我只是一个不懂得绘画艺术的普通观众。

看简介方知,先生是缙云新建人,在他乡遇见文化大家,分外亲切。

曾记得,去年也是在浙江美术馆里,遇到李震坚先生。那次展览名叫"大道行深——纪念李震坚诞辰一百周年作品展",规模也很大,2022 年 4 月 26 日开幕,展期一个月,依托李震坚先生家属捐赠与中国美术学院校藏作品,分"浙派人物开山祖""传神妙笔绘巨作""生活蒙养筑根基"三个板块,展现李震坚先生对中国人物画创新之路的启示意义。

那天,"李震坚"这个名字,给我留下了极深刻的印象。常来观展,是极难遇见丽水老乡的,尽管有在丽水市内叫得很响的"丽水巴比松画派",但出了丽水,业界认可度似乎一般,难以"破圈"影响全国。

去年始对李震坚先生有关注,但并未深入了解。不想,一年后,再次遇见李震坚先生参加大展,于是,有了进一步了解的冲动。

二

遇见美好,有冲动,即行动。

观展结束,2023 年 7 月 26 日,我立即上"孔夫子旧书网"找寻有关书籍,但一通搜索后发现,除了已经出版的系列画册外,研究李先生的专著仅有一册,即马成生所著《画家李震坚》(香港天马图书有限公司,2003 年版)。我赶紧下单,买下了这本 20 年前的旧书。

"开山祖是李震坚。"——林锴

"浙派人物画是与李震坚、周昌谷……他们是最早的参与者与奠基者。"——刘国辉

"李震坚作为浙派人物画前期的主要掌门人。"——刘国辉

"李震坚、周昌谷、方增先三位老师开创了浙派人物画。"——吴山明

…………

这本书收录了许多业界大家的评论,皆认可李震坚先生是浙派人物画的"开山祖""奠基者"。

缙云县城有李震坚纪念馆,2022 年 8 月 15 日还联办了"鼎湖烟雨——纪念李震坚诞辰一百周年师生作品展",其他相关的各种展览也在持续举办中,幸甚。

花开一枝,墙内墙外兼要香远,这方是理想境地。

三

《画家李震坚》的作者马成生先生也是缙云人,生于1931 年,曾参与杭州师范学院(现杭州师范大学)筹建并任中文系主任。

我按习惯,先读了前言和后记。前言先不论,这篇短短

的后记,记述了马成生先生著成此书的初衷与想法,朴实的文字读来真有撼心之力,特别是马成生先生的文化自觉,以及极强的行动力,令我感动,唯有照录部分如下:

1992年10月27日,笔者与缙云各界代表一起参与李震坚先生追悼会。当追悼仪式结束之后,大家围站在龙驹坞的草坪上,满怀痛惜之情,纷纷表示:李先生是缙籍知识分子的代表性人物,总不能让他"人一走,茶就凉",应该为他做些具有长期性的且有纪念意义的事。当时,自己非常赞同,表示积极协助。

于是,自己便时时等待着,准备接受有关部门领导分配点具体任务。

然而,大约是半年或者是一年之后,有关部门的领导或因退休,或因他故,陆续离开了各自的岗位。这样一来,自然不会有谁来检查或验证自己的诺言,自己似乎可以彻底地把这事丢开或者干脆把它忘却了。然而,心里头总似乎有一些负担,自己说了的话,居然可以不算数,也总感到有点对不起李先生;尽管他已经去世了,也不会再来质问自己。反反复复,想了又想,便抱着试试看的心情,准备写本有关李先生的资料性的小册子。

自此,业余或假日,便去访问李先生的亲人、朋友和学生……

这篇后记写于 2003 年 8 月,此时距离李震坚先生离世已经整整十一年。

四

一个地方的文化影响力,特别需要一群人这样相互成就,美美与共,事实上,要做到这样挺难的,是理想化的。

在目录前,马成生先生写了一篇导读,后面又有年谱,将李震坚先生从农家出生,再到成才、结婚,26 岁到杭州上学,再执教、开创一个画派,写尽李先生的"绘事一生",读完这两部分后,李震坚先生一生的事迹与成就,作为读者的我基本上就清楚了。

作者不愧是当过中文系主任的,对于场面排叙、乡村生活描写、方言灵活运用等都非常娴熟,他将采访收集到的材料如讲故事一般娓娓道来,读来既不枯燥,又能给人以启迪。比如,写李震坚先生求学"孤山游"一节,就融进了与孤山有关的众多史事,足见作者知识之广博,我看这一节真如同看电影一般,一步一景。

回望李震坚先生的攀峰之路,不难发现,离不开家乡缙云的一群知识分子如舒望周、楼狮山、楼辛壶等的帮助。在祖父李寿焕"半潭秋水一房山"的期望下,李先生不断努力,兼融中西,终成为集大成者,成为浙派人物画开山祖。

五

读完《画家李震坚》，我又买了一本马成生主编的《悠悠好溪水——缅怀李震坚先生人物画集》，只可惜这画集并未正式出版，只是自印资料。

买《悠悠好溪水——缅怀李震坚先生人物画集》时，我又搜索了一下，竟然还有大惊喜——我搜到了李震坚先生写于1990年2月的三页手稿，品相完好。我查阅了《画家李震坚》，发现第302页确实提到了这篇题为《吞吐古今，尽得风流——中国画家王涛》的文章。

这份手稿只售三百元，翻书对比，应当是真迹无疑，感觉真是捡到漏了，大喜过望，立即下单。

这珍贵手稿，将来捐给家乡的丽水市图书馆，或者缙云李震坚纪念馆、浙江美术馆都是非常不错的，我也可以用实际行动，为家乡文化出一份力，向李震坚、马成生等先生们学习——李先生当年临走前，就曾交待要捐一百零四件书画作品给家乡缙云，这才有了后来的李震坚纪念馆。李先生走后，家属依据先生遗愿，捐给浙江省博物馆一百零九幅、浙江美术馆四千多幅、中国美术馆一幅，数量之多，在同行中罕见，因此，先生作品流向市场的并不多。

下单后，一边查找资料，一边记录，这是一种非常有趣的体验和学习过程。

原来，李震坚先生这份手稿，在先生离世后，还曾以《吞吐古今得风流——王涛画艺读解》为题，发表在《收藏家》2003年第7期上，内容略有改动。此刻，这份手稿，正在从合肥寄往杭州的路上，期待能有惊喜。

李震坚先生手稿中评写的这位"中国画家王涛"恰好也是合肥人，生于1943年，他是当代写意人物画坛的代表人物之一，是当代新安画派的领军人物，曾任安徽画院副院长、院长。

王涛先生曾于1979—1982年在中国美术学院（原浙江美术学院）国画人物研究生班学习，师承李震坚先生，这份手稿便是李震坚先生为当时正供职于安徽画院的王涛写的，足见先生对学生成长的关怀。

王涛先生曾于去年发表过一篇缅怀恩师李震坚的文章《一朝春雨过　万物皆清明——纪念恩师李震坚先生百年诞辰》，读来感人至深，文中亦提到手稿一事。此文，亦如王涛先生为恩师画的人物画，形神独具。

至于这份三页的手书为何会流到市场上，也是令人费解。若是日后能助力手稿回归李先生家乡，也算是完美。

真想不到，读《画家李震坚》一书，还能在书外有如此大的收获，真是我的大福气。

六

8月2日下午，我数次查看快递派送进度，还忍不住打电话问询,想早一点见到先生真迹。夜里,思来想去,难以入眠。文化之魅力,足见。

8月3日一大早,拿到快递,小心拆开,包裹里除了李震坚先生手书,还有惊喜——赠送了售方"鸿影藏书阁"主人张乃予(张晓鸿)先生的一册散文集《云水集》,是自印的,上有印章与毛笔写的签名。显然,又是一位爱书的文化人。

这薄薄三页手稿,记载了浙派人物画开山祖李震坚先生同当代新安画派领军人物王涛先生师生间的一段佳话,是不可多得的珍贵史料。

我先洗手,再取出这三页手稿拍照,再用透明塑料袋分装保护,以减少空气接触。看到印着"浙江美术学院"字样的绿格纸,纸上先生墨迹,以及折痕纹路,一切都那么自然,我虽非专业人士,但也敢断定,这百分之百是李先生的真迹。

这手稿该去哪里呢?

我第一时间联系了多年好友,也是丽水市图书馆副馆长叶慧玲女士:"叶馆好,读书读来李震坚先生一份珍贵手稿。李先生应该是近代丽水最有影响力的文化名人。不知道咱们丽水馆有条件存管这手稿吗?"

"我了解一下回复你。"叶慧玲女士也很热情。尔后,我们又电话联系深入沟通。

"这么大的新馆,总需要一点压箱底的镇得住的东西。慢慢积累,毕竟是可遇不可求的,哈哈。"这也是我的真实想法。此前,我思考了一下捐赠优先顺序:丽水市图书馆—缙云李震坚纪念馆—浙江美术馆。

我偏心家乡,偏心图书馆,这点必须承认。我希望先生手稿能早日安家,归去。

细读李震坚先生写于1990年的手稿,再对比《收藏家》2003年第7期发表的文章,手稿最后多了一段:"我与王涛,师生情谊深厚,故成此短文,聊作简介。如今中外艺林,流派纷呈,人才辈出,高朋如云。观王涛之素养,知为艺之风格。凡有识者,庶不以余言为未谬乎!中国浙江美术学院教授李震坚1990年2月于杭州。"

当然,正文其余部分也有些细微改动,在我的感觉来说,李震坚先生手稿原文读来更有味道,更加"气韵生动",文字之精微玄妙,可谓稍动一字,气韵全失。

七

8月3下午,丽水市图书馆副馆长冯俊逸主动联系我,约定将手稿寄给冯俊逸先生,由图书馆永久收藏。

我遇见,是我的福气,惜福。整理此文,以慰先生们。

晚上8点半,约上顺丰快递,将李震坚先生三页手稿、诸先生的书、我的这篇小文,另加手书致丽水市图书馆信笺一张,一并寄给了丽水市图书馆副馆长冯俊逸先生,为此事画上了一个圆满的句号。

此生,有幸能与两位先生相处短短12个小时,足矣。

"已收悉。"冯俊逸先生通过微信发来附图。8月4日早上9点,资料安全入馆。

"真好。"我说。

2023年8月1日始记于杭州曲荷巷18号,4日记成

补记:

2023年11月22日,我花480元从孔夫子旧书网购得一盒索尼录像带,盒子上贴着的白纸标签上写着"李震坚照片、素描头像、石章、笔"等字。我判断,这盒录像带中可能有李震坚先生生前的影像资料,是非常珍贵的史料。

兴奋之余,我又想到资料价值重大,需要有合适的去处。

我首先想到了李震坚艺术馆。先是在他们的公众号下留言,没有得到回复,我又辗转要到了李震坚艺术馆馆长的联系方式。没想到我言辞恳切地给馆长的微信发了许多信息,对方只发了一句"开会,晚点联系",就再也没有回音了。

这真是令人费解。难道是忙得忘记回复了?我原以为,纪念馆见到这样的珍贵资料,定然会欣喜若狂⋯⋯

不过这也不打紧,再换一家,不行再换嘛。我坚信,定有知史识货的有识之士。幸好,丽水市图书馆的梁子老师很重视,还第一时间联系电视台,寻求技术支持,可惜未果。

这也不着急,毕竟录像带实物在手,以后再慢慢找机会转录。我坚信,既然能让我遇见,一定能播出来。

2023年11月24日,我将刚刚收到的李震坚先生录像带,连同郭立范女士手札和三册《城乡事》(其中一册有作者签名)打包寄出,捐赠给丽水市图书馆,经过梁子老师的手入藏。

2023年11月25日于杭州曲荷巷18号

又记:

2024年9月12日,丽水市图书馆将录像带送到杭州,由杭州瑞普视听工程有限公司进行专业除霉和数字转换,获得李震坚先生珍贵影像资料。

2025年2月,转换成功,画质清晰,堪称完美。

一通残信识人品

——李震坚先生致师弟徐震时编辑信札之浅读

一

有巧遇，有兴趣，是要继续深入的，这是我的福气，不容错过。

我作为一个"外行人"，在读其传记，略知其人后，暂且做出这样一个判断：李震坚先生的为人品格、艺术价值、学术高度，在当下都远未能体现出来，其或将会紧随恩师黄宾虹先生之后，成为中国画的另一座高峰。

依据主要有两点。一是李震坚先生是公认的浙派人物画的开山祖与奠基者，中西结合，融会贯通，独树一帜；二是李震坚先生为人低调朴实，性格温和，心系国家，其流向市面的作品极少，市场知晓度也低，离世后未经过炒作，抑或是压根没有太多的画作可供炒作，因为其4200多幅遗作悉数捐给了国家。

如此丰富的藏品，为日后举办各种大展提供了可能，更为李先生将来渐为人们所熟知提供了可能。这也不得不为李震坚先生和其家人那种淡泊、远见、情怀所折服，相信时间必会给予令人信服的回报。此举同其恩师黄宾虹先生相似，黄宾虹先生走后，他的家人亦将他数目庞大的作品悉数捐赠给浙江省博物馆，于是有了日后各种展览和专馆展出。

将来会如何纪念李震坚先生？需要时间来慢慢验证。

二

或许正是基于上述的自信和认知，我在 2023 年 8 月 9 日又购买了一通两页有残缺的李震坚先生手书信札。

李震坚先生作品在市场上的认可度并不高，这信札在 2019 年 5 月 20 日上架，一直未能售出。上次我也遇到过，因为有明显残缺，要价也高，因而没有下手。不过，当我细读信件照片文字内容后，基于对李先生潜力的认可，还是动了心。一番讨价还价后，以六百元成交。

想想还是很值得的，毕竟先生已仙逝，高度又摆在那里，片言皆珍贵。

当然，我也是买来捐给丽水市图书馆的，希望与上次购来又捐出的李震坚先生手稿构成一组。

一生二，二生三……但愿家乡丽水市图书馆的"家底"，也能慢慢厚实起来。

三

8月14日早上,收到快递。包装很是讲究,专门用硬纸板夹护衬托,两页信纸也用白纸衬托,足见爱惜与小心。

先生字迹清晰,方便阅读,现将这封短信抄录如下:

震时:

本月□□□……助把我的画册□□□……十分感谢。日后□□□……全部印完,即请按照定的壹百本付邮寄给我,书款亦照你社规章结算。

关于你的令爱准备报考我院花鸟专业和中央美院美术史专业,多方试试是有好处的,如果她来杭州我院应试时,先请来信告知,在力所能及的范围里无疑尽力相助。至于刘普生要张人物画留□□□……完成随即付□□□……

令爱叫什么□□□……请回信告我为□□□……余候叙谈,即祝春安。

震坚 二月廿三日

(注:□□□……表示有多个缺字)

这通信也是用"浙江美术学院"绿格纸写就的,右下角被人撕去部分,有不少缺字,甚是可惜,不过还好,基本上不影响通读内容。这封信是用毛笔写的，是研究先生书法艺术的珍贵实物。

抬头是"震时"，落款是"震坚 二月廿三日"，主要记述了三件事：一是邮寄 100 本新出版画册；二是有关震时女儿上大学一事；三是给一位叫刘普生的人要张画的回复。

收信人"震时"，我也很快就查到了资料，是书画家徐震时先生，上海人。

徐震时先生 1965 年毕业于浙江美术学院（现中国美术学院）国画系，师从国画大师潘天寿、方增先等名家，于 1947 年考入浙江美术学院，同师从潘天寿、黄宾虹的李震坚先生是同门师兄弟。

徐震时先生历任人民美术出版社编辑、组长、主任、编审，中华文学院教授，与李震坚先生产生交集，很有可能是因为李震坚先生在人民美术出版社出版过两本《李震坚画集》。这也同信中第一段提及的"助我把画册""……全部印完，即请按照定的壹百本付邮寄给我，书款亦照你社规章结算"等内容相印证。

至于信中提到的那位叫刘普生的要画人，则生于 1954 年，1981 年毕业于中央美术学院中国画系，曾历任人民美术出版社设计艺术编辑室主任、编审，是中国美术家协会会员。

四

纸短情长,这封信很短,我却能从中见到李震坚先生待人接物、为人处世的人格魅力——一位知感恩、讲正气、有底线的大学者,跃然纸上。

首先,谦卑真诚。直呼对方"震时",可见两人熟识,而李先生行文中对给予帮助出版画册一事,再三表示"十分感谢",且交待购书"即请按照定的壹百本付邮寄给我,书款亦照你社规章结算",可见李震坚先生为人讲诚信,又周全。

其次,帮助有底线。对于师弟爱女报考学校之要事,李震坚先生在信中明确表示"无疑尽力相助",前提是"在力所能及的范围里",这也足见李先生平时坚守底线与分寸。

最后,成人之美。对于刘普生要张人物画一事,李先生一口应允"完成随即付",有求必应,成人之美。

此通致同门师弟之信,李震坚先生可谓事事有回复、有态度,不回避,直言相告,不失为大师也。读来,给人以启迪。

五

这个 8 月,读了李震坚先生的书,花了九百元(月工资五分之一)买了五页李先生所写的信札,边读边学边记,深受教益。最后悉数捐给家乡的丽水市图书馆,自认为很是值得,很有意义。

日后,若遇见,仍然乐为之。

8月15日早上,约了顺丰快速,连此前整理并标写过说明的多个信封、刚录入新书《城乡事》的我爷爷的信札、我父母的结婚证书,以及收藏多年的两盒名片,一并寄给了丽水市图书馆副馆长冯俊逸先生。三代人齐藏于一馆,亦是吾家之大幸事。

匆匆为之,以安我心。

2023年8月15日于杭州曲荷巷18号

画有骨气人，定然有骨气

——观吴永良先生画展与两封信札随记

　　十月，杭州大展特展多。我一场没落下，有感兴趣的更是反复观看，尽管我只是个十足的门外汉。

　　能结缘"指墨画""浙派人物画"第二代的吴永良先生，纯属意外和巧合。

　　因为浙图远迁新馆，我开始转辗各家博物馆、美术馆，留意各种讲座信息，因此知道了吴永良先生，并获知其展讯。这也是因为吴永良先生是李震坚先生的学生，而我最近对李先生很感兴趣，在做拓展了解。

　　10 月 13 日晚上，我通过网上直播，全程观看了在南山书屋举行的画由心生——吴永良先生《风清骨峻——中国画笔墨的承继与拓展》新书发布会。也是在那天，我才知道在杭州市南山路 212 号潘天寿纪念馆里，有"风清骨峻——吴永良中国画笔墨传习展"于 2023 年 10 月 1 日至 11 月 12

日展出，这是纪念馆推出的"记得先生"系列展览之一。

10 月 21 日，在孔夫子旧书网上，讨价还价，以 812 元购得两通吴永良先生的信札。虽手头拮据，但仍然觉得物有所值。

10 月 22 日早上，再次观赏"风清骨峻——吴永良中国画笔墨传习展"，这次是冲着有先生爱女吴珍之导览而去的。

结束时，吴珍之女士在我的笔记本上题词："吴永良中国画笔墨传习展，传播笔墨精神，传播人格品性。"一同观展的来自温州的金松先生也题写道："中国绘画体现的是作者的文化内涵及精神气质。在潘馆拜观恩师吴永良画展有感。"

就这样，慢慢了解吴永良先生——这是一位爱画画、有骨气的文人。

吴永良（1937—2020），浙江宁波鄞县人，是"浙派人物画"第二代领军者之一，美术教育家、写意人物画大家。

"在我看来，吴永良有两大优点：首先在浙派人物画的系统中，他的技法是最全面的；第二，他的笔头富有灵气，或许是承继了周昌谷先生的优势，一笔下去韵味十足。"

"吴永良在性格上跟潘老先生很像，很耿直、真诚。这是那个年代典型的师生情谊，也是吴永良一直在画那些有骨气的文人之原因，他们都是吴永良真正佩服的人。所以吴永良的笔墨总显示出鲜明的骨气，如刻印般坚定有力，而这又体现了吴永良本人的性格、品质和道德观。"

这两段文字,是潘公凯先生撰写的画展前言,引起我的关注和品读。观画展时,我常常喜欢读说明文字——精华不可错过。

观吴永良先生画展,有三方面我印象很深刻:一是"我所敬仰的先生"板块,吴永良先生不仅爱画他所敬仰的先生们,还喜欢将潘天寿、黄宾虹、林风眠、鲁迅等先生放置在自己创作的作品中来展示,此"连人带画"一起入画的独特创作方式,很巧妙,很有启发;二是吴先生的指墨画,全幅到底,包括落款等,印象深刻;三是其对系列恩师的记写,其中对李震坚先生的记述就很是精到,见人见精神。

在展板上,吴永良先生这样写道:"震坚老师擅长肖像写生,人物的音容笑貌、精神气质都能跃然纸上,饶有笔情墨趣。问及有何诀窍,震坚老师的体会是必须'爱字当头'。可见心画比笔画更重要。因此,震坚老师的画被赞为国内第一流的肖像佳作,实非过誉之词。李震坚老师既是良师益友,也有慈父贤兄般的脉脉温情。毕业后我在温州工作,只要出差到杭州,必定要去李老师家中拜望。每次在我告别时,他总是亲自送我到大门口,依依不舍地道别。"

10 月 26 日,把家中所用日记、手稿、样报等,打包一大纸箱,附手书信笺一页,发快递给丽水市图书馆梁子老师,全部捐赠,并建议第二年办个名家手迹与馆藏书大展,精选

100 件展品，从以下四方面策展：一，名家手迹与馆藏书（大彬捐）；二，馆藏本土作家手迹与藏书；三，各县馆手迹与藏书；四，乡村读书与图书馆主题。

10 月 31 日，着手整理吴永良两通手札，品相完好，根据邮戳和落款时间，确定一封写于 1992 年 6 月 16 日，两页，竖写。另一封写于 1993 年 4 月 22 日，一页，横写。信纸皆为印有"浙江美术学院"字样的专用信纸。现将全文录于下：

手札一（竖写）：

新程、刘炜先生俪鉴：

您们好！收到来信并《新晚报》多份，不胜欣慰、感激。此次《新晚报》在相隔短时内又整版发表我的指墨画作品，全仗赖你们的大力推荐。如此真挚之热忱，使我铭感不已！同时，为能结识您们而深觉高兴，愿我们友谊长存。

来信所说欲作美术群体之介绍，尤其涉及民间美术，我以为这是非常有意义的工作，这样才能更全面丰富地介绍，反映我们的民族优秀艺术传统的历史渊源与蓬勃发展的现状，为外人所了解，无疑是非常重要的，我钦佩您们兢兢业业的工作精神，艺术家们应该深深地感谢您们。

我可能于七月间赴京就医，并逗留一段时间，届时当再往探望您们。内人和孩子问候您们，盼常联系，余言后叙，即颂。

夏安！

吴永良

（1992 年）六月十六日

手札二（横写）：

新程、刘炜先生俪鉴：

您们好！

我和内人在新加坡访友旅游近两个月，于最近返回杭州，由于朋友们非常热情，再三挽留，所以这次逗留时间较久。

回来后，见到您们的来信，非常感谢您们的真挚情意及对我女儿的关切之忱，我相信洪晖定会像您们给予的嘱咐和鼓励那样，在人生和艺术的道路上坚强而向前迈进。至于友人之间的互助，能否如愿成功，须看客观条件，自然都会理解，没有什么事都能办成之理，我同样非常感激您们的诚笃和热忱的心意。也许是我爱子过切，提出有悖常理之要求，使您们为难了，真是万分疲歉！也请给予谅鉴。

杭州现在正是最好时节，游人如织，未知您们何时能来一游，并可聚晤，盼能成行，并及时示知，以便恭候。请您们多保重身体。内人和女儿洪晖问您们安好，余言后叙，盼常联系。即颂。

春安！

吴永良

（1993年）四月廿二日

读罢信札，吴永良先生的耿直、真诚、谦虚、周全，跃然纸上。

有幸得先生两通手札，并告之吴先生爱女吴珍之老师，她建议捐赠到吴永良艺术馆，而我却想让这两通手札去丽水市图书馆，同此前我捐赠的两通李震坚先生手札相聚，以期将来能成系列展出。师生同在一馆，算是尽善尽美。

拍照记录后，11月1日，我将吴永良先生的两通手札，连同我自己的两大档案盒日记，以及黄岩黄伟先生题诗书《城南散记》和还未打开的题诗团扇，一同寄给丽水市图书馆梁子老师，以充家乡馆藏，期望丽水市图书馆能早日崛起，成为一方文化高地。

2023年11月1日于杭州曲荷巷18号

补记：

继续观展，继续学习。

2023年11月4日，再次走进潘天寿纪念馆。这天上午，第四次观赏吴永良先生作品，这次导展的是吴永良先生二女吴洪晖老师。

二女弘父业,足慰吴先生。

她们还将策划系列展出,这是好遗产、好传承,更是好教育,也是理应成之好事业。相比较而言,吴洪晖老师更健谈、更感性,也更易激动,亦能感其与父亲交往更加亲密无间,毕竟年长 6 岁。不过遗憾的是,她们姐妹对于上述两封手札的背后故事也了解不多。

她亦在我笔记本上题词:"风清骨峻展是一个中国画笔墨承继与拓展的展览。"

在一幅吴永良先生创作于 1961 年的作品《鱼讯季节》前,她介绍说,这画就是她父亲本科四年级那年由李震坚老师带队,到舟山渔区深入生活返校后创作的,表现渔区劳动景象。吴永良先生对恩师李震坚感情非常深厚,在先生过世后,她父亲还曾卖画筹钱为李先生办理遗作展,张罗过程中,还动手用上美术字绝活。

"父亲对老师的尊敬,就如同对父母,不论什么事,随叫随到,尽力完成,这点印象很深刻。"吴洪晖如是说。

有情有义,视师如父;一世温良,定然永良。值得我敬仰之。

2023 年 11 月 5 日于杭州曲荷巷 18 号

艺术长青

——观著名画家钱贵荪先生画展记

　　四处奔走,观各种展,赏画研习,若是遇见心仪的手札,就上网购买,待寄到后慢慢研学,一一记录,最后,捐赠给家乡的丽水市图书馆收藏。

　　最近,我沉迷于这样的"观—购—研—赠"模式,感觉好玩又有意义。这也是在浙图迁新馆后,曙光路馆讲座日渐减少的情况下,我寻到的自学新方式。

　　总之,怎样好玩,怎样有意义,怎样快乐,就怎样来,惜时所愿,乐之为上。

　　日前,一条"著名画家钱贵荪绘画作品展在浙江美术馆开展"的展讯预告,勾起了我对"小人书"的回忆,也让我对画家钱贵荪先生有了初步了解,进而引发了购买他作品的冲动。

　　10 月 19—20 日,我从孔夫子旧书网购入 5 本有钱贵荪先生题字的"小人书"。

第一本是《龙珠岛遇险记》(上海人民美术出版社 2014 年版),上有钱贵荪先生楷书题字"智斗特务。己亥(2019)年钱贵荪",钤有印章。

第二本是《血战一江山》(上海人民美术出版社 2015 年版),上题"这一仗,是解放军第一次海陆空三军联合作战并且首战完胜。丙申(2016)年钱贵荪"。

第三本是《英雄列车》(上海人民美术出版社 2016 年版),上题"英雄列车事迹共产党的好干部都是人民的勤务员。丙申(2016)年钱贵荪"。

第四本是《沈括》(连环画出版社 2012 年版),上题"是一位非常博学多才,成就显著的科学家。戊戌(2018)年钱贵荪"。

第五本是《红嫂》(上海人民美术出版社 2016 年版),上题"乳汁相救,大爱壮举。己亥(2019)钱贵荪"。

这五本"小人书"共花了 801 元,不便宜,但让我体验到了购物的乐趣,挺值得。

小时候,我特别喜欢"小人书",有整整一小木箱,上锁藏着,也算是乡村娃仅有的启蒙读物吧。还记得有一次,跟着母亲去小梅镇,就因为想要一册"小人书",还要赖在石头路上打滚哭闹呢。

这次买书,我完全是冲钱贵荪先生名气去的,特地挑了那些带有题词、签名、钤印的书,价格也要高些。

这厢快递还在路上,那厢竟然巧遇了钱贵荪先生。

10月22日,周日。上午,在南山路212号潘天寿纪念馆,听吴永良先生家属吴珍之老师对"风清骨峻——吴永良中国画笔墨传习展"的现场导览。下午,路过浙江美术馆,进去走走看看,正好遇见正准备参加开幕式的著名画家钱贵荪先生。

钱先生非常和蔼,硬朗健谈,有着孩子一般的天真可爱。他忙着给现场观众签名、题字,与他们合影,有求必应,有问必答。真是名气越大,越有才气,越谦卑,眼里越有人。我在边上观之,肃然起敬。

从艺长寿,艺术养生。88岁高龄的钱贵荪先生爽快地在我的第16本听讲笔记本上写下了"艺术长青,癸卯(2023)钱贵荪"的赠语,还在展册上签了名。

连环画原稿是此次展览的亮点。钱贵荪先生在几十年的绘画生涯中创作了一百多部连环画,此次展览展出他的连环画原稿共计500余幅。其中《鉴湖女侠》获第二届全国连环画绘画创作二等奖,《血战一江山》获浙江省首届连环画评奖一等奖。2022年底,钱贵荪先生将这两套连环画的原稿和50件速写精品无偿捐给了浙江美术馆。

除连环画外,展览还展出了钱贵荪的速写和国画精品共80件。钱贵荪的速写在画坛久负盛名,成为几代美术学子的临摹范本。他的中国人物画博采众长,具有坚实的造型基础和独特的笔墨语言,充满了江南意韵。

10月24日,五本"小人书"陆续送达。拆开包装,我玩心忽起,将钱贵荪先生给我题的亲笔签名和书上钤印细细比对。签名那天,先生是将本子放在腿上签的,写字又快又急,更有力度。这样的笔迹与在家里坐着慢慢写,应是当有区别的。

此五册"小人书"和册页真迹,待他日捐给丽水市图书馆。

一人一艺,皆一厚书,皆有品味。艺术长青,艺术有趣,致敬艺术家们。

补记:

11月10日下午,自杭州经顺丰快递,寄丽水市图书馆,经梁子老师手捐赠入馆。

2023年11月9日于杭州曲荷巷18号

冯运榆先生的信札

一

2024 年 9 月 17 日,中秋佳节,西湖的湖光山色经风雨梳理,格外清爽,令人心旷神怡。

早上出发,骑行至浙江美术馆观展,发现有数场展览在展出中:"云起时——陈琦版画艺术展""瓯风行云——温州 18 家中青年草书邀请展""榆英墨彩——冯运榆中国人物画展""高文谦:斯金纳箱与白日梦""濡墨中西——佟振国绘画作品展""金石墨韵——林如书法展"。

一手经典,一手美育。要么去浙图听讲,要么走进博物馆和美术馆观展——这已成为我周末的常态,我的生命也因此丰盈充实。

观陈琦先生的水印木刻版画,其细腻层次,与 7.2 米×7.2 米的巨幅《佛印》,让我瞬间突破对版画的认知。见温州有 18 书家,也不禁有些感叹:同饮瓯江水,丽水又有几家？又何时能来展之？

在浙江美术馆，常常"遇见"缙云老乡——浙派人物画开山鼻祖和奠基人之一李震坚先生。2014年9月，李先生夫人张雪芝及子女向浙江美术馆捐赠了李先生的4028件作品，这是浙江美术馆自2004年建馆以来，接受数量最多、规模最大的一宗捐赠。

如此无私，令人肃然起敬——想来，浙江美术馆亦是常怀感恩，故而时时纪念，常展常新。

在馆里同时有作品展出的冯运榆、佟振国两位画家，都是李震坚先生的学生，且二学生都承师之义举，将画作捐赠给浙江美术馆，这也足以告慰李震坚先生在天之灵。师生聚一馆，人间之佳话。

"念念不忘，必有回响。人能笃实，自有辉光。"浙江图书馆古籍部主任陈谊先生如是说。

二

自从在浙江美术馆认识李震坚先生这位老乡以来，我对浙派人物画画家这一群体有了格外的兴趣，边观展，边学习。此前，我一点也不了解冯运榆先生和他的作品，这次观展后，很是震撼。冯运榆先生深得李先生真传，人物画功夫相当了得，笔笔精准，气势非凡，果然是位大家。

展览导语中这样介绍他：

冯运榆正是一位浙派人物画发展过程中的实践者、见证者、探索者,也是浙派人物画第二代的重要代表画家。冯运榆的人物画创作传承了浙派意笔人物画的笔墨和写实传统,后极力探索,汲取民间艺术和西方图式语言,形成墨彩相应,刚劲、雄浑的艺术风貌:一方面,他将民间艺术的装饰感、色彩与水墨融合在现代构成的图式中,营造出多重空间性且神秘、深邃的意境,这一系画作可称之为"民俗样式";另一方面,他深入探求笔墨本身的表现力,在讲求造型、写实的基础上寻求更为浑朴而苍茫,浓重而强烈的画意,从西藏、新疆采风的代表性作品中可看到由此演化而出的"浪漫的写实"模式。

看展间歇,我打开孔夫子旧书网,看看是否有关于冯先生的信札资料。

果不其然,有两通,一通标价 100 元,有先生 8 幅签名的作品底片和一纸推荐信,我没多想,立即下单。另一通标价 200 元,是一封写给萧山俞建新的信,随口还价,竟然以半价成交。

三

第二天,那通写给萧山俞建新的信札在傍晚时分寄到了。打开、整理、拍照、装袋、题写说明,计划等另一通信札寄到并整理好后,再一起捐给丽水市图书馆,让他们师生间的通信收藏在同一馆,也是合适的。

这通信札,信封正面写有几行字,"肖山浦沿杨家墩/俞建新同志收/中国美术家协会浙江分会";信封背面盖有1986年5月27日"浙江萧山浦沿"的邮戳,贴着两枚"海南风光"四分钱邮票。

信纸上的字迹很好辨认,只是想不到,这个信封里还有另外两张纸,一张是封短信,上面还有手绘图,另一张竟是先生的润格表,极具史料价值。

中国美术家协会浙江分会的信笺上,内容如下:

俞建新同志

暑天作画可多?今有一事请你帮忙,我阳台上想改造成小间烧饭,有点木工事,你是否可来帮我做一下。在我这里吃饭、住,付你工资。同时带你的近作我可指导一下,也说是来上课吧。总之接信后请我速来我住所面议。我的地址,松木场曙光路(电话21163)桃园新村27幢(省文联宿舍)2-101

(附手绘地址示意图,见文前彩图P017)

冯运榆

8.21

润格表写在一张浙江画院的信笺上,内容如下:

峡江烟云图 12 平方市尺

对外宾销售(直接不扣除)为 100 元 1 平方市尺是最低的,对内宾优惠为 50 元 1 平方市尺,12 平方市尺为 600 元＋框加工费 64 元＋裱画费 50 元,合计 714 元

牡丹图、清竹图立轴

在宾馆、画廊标价在 600—1200 元之间,对企业优惠 250 元一幅,合计 500 元

浙江画院　冯运榆

四

萧山俞建新何是许人也?

好奇心使然,我第一时间想到萧山的书法家朋友俞国斌先生,将信封拍照发给他。不想,他竟然认识俞建新,并给了联系方式。这也真是妙不可言的缘分。

当晚 10 点左右,我就联系上了收信人俞建新先生。他生于 1966 年,属马,今年 58 岁,是冯运榆先生的学生,号钱江渔夫。俞先生至今依然在坚持画画,现在从事广告创意,为社区、医院、学校服务。

"有缘有缘,见书信如见恩师。"俞建新先生说,自己当年和冯老师书信往来非常频繁,收到信,他就按地图找去,在冯老师家住了一周,白天干活,晚上论画,非常难忘。

他说,这批信以前整理过,有的错放了信封,导致这三张纸虽然塞在同一个信封里,其实是写于不同时期的。这一点,我从邮戳也看出来了——信封上的邮戳时间是 1986 年 5 月 27 日,信纸上的落款却是 8 月 21 日。俞先生又说,润格表的时间要再晚些,应该是在 1989 年前后。搬家多次,不知何时遗失了,如今再见到,也算是有缘。

在俞建新眼中,冯运榆先生于自己影响非常深远,教会了自己很多东西,师生感情也非常深厚。他说,冯老师生前为人低调,画工扎实,为人真诚又周到。

至于冯运榆先生曾经居住的地方,也就是手绘中的桃园新村 27 幢(省文联宿舍),我常常经过那里,这幢房子至今仍在,为五层砖混结构建筑。经俞建新确认,冯运榆老师家就在进去右手边西头的一楼,如今不知是何人居住。

纸短情长,见字如面,从这两封短信中,我见证了 30 多年前一位画家、长者与后学的深情交往与率性交流。

一枚信封,两页信纸,有幸遇见大师。

五

9 月 20 日,我收到一份寄自北京清河的快递,也是冯运榆先生的信札。依旧拍照、装存、题信笺,整理完成,以备寄送给丽水市图书馆收藏,也可方便后人。

冯运榆先生生前行事低调,内敛谦虚,画作与名气还不为人所熟知,但吾观其画作之扎实、真诚之大气象,前景可期,定然会成为浙派人物画的代表人物。

这通信札是一份转递的推荐信,信封上书有"八张彩片,董小明"等字样,信封内装着 1 张信纸与 8 张彩色胶片——我也算是见证了一个时代的艺术传递方式吧。

推荐信内容如下:

老夏:向您推荐浙江画院一位中年画家的新作。他几年来一直坚持中国画、人物画的探索,肯到生活中去,技法上力求从属浙派人物画的笔画中脱出来。这些画我见过,不知够及上在《美术》上选登一、二幅不?(我觉得,其中"早市""晚霞"二幅比较有意思一点)

董小明

元月 8 日

8 张彩色胶片每张都有白色保护框,框上注了作品名,分别是:《勾践》《禹》《惠安风情之二　早市》《惠安风情之二　石女》《惠安风情之四　井台上》《惠安风情之五　归帆》《惠安风情之七　四更天》《惠安风情之十　晚霞》。

这里有两个"惠安风情之二",应是笔误。

六

结合浙江美术馆正在展出的"榆英墨彩——冯运榆中国人物画展"中给出的的冯运榆先生艺术年表来看,这组

"惠安风情"画作创作于 1986 年,冯运榆先生在福建省泉州市华侨大学艺术系中国画专业任教期间。1991 年 10 月,惠安风情组画入选中国艺术研究院主办的"全国第一届民族文化风情中国画大展"。

结合信中的落款时间,这信很有可能写在 1987 年 1 月 8 日。

根据艺术年表,1965 年,冯运榆先生在浙江美术学馆读书期间,还曾同老师李震坚先生一同创作过国画《新安江工作的怒涛》,作品入选浙江美术学院师生举行的"援越抗美"美术作品展,并在《浙江日报》上登出。

这位力荐冯运榆先生的董小明又是何人?从艺术年表中我得知,冯运榆先生 1957 年至 1962 年就读于中央美术学院华东分院附属中学(现今中国美术学院附属中学)和浙江美术学院(今中国美术学院)油画系。结合来看,董小明应该是曾就读于中国美术学院附中和版画系的同校学长,后来的画家、艺术策划人董小明先生。

至此,我基本理清了冯运榆先生与学生、师长、同门的关系。

一切梳理清楚,我将三通信札和相关资料连夜打包,发顺丰快递给丽水市图书馆赖莹老师,由她入藏。此一去,冯运榆先生与师李震坚先生同在一馆,亦是好去处,更是一桩佳话。

2024 年 9 月 21 日于杭州曲荷巷 18 号

补记：

念念不忘，必有回响。

9 月 26 日和 27 日，我又咬牙下了两单，以 1500 元购得冯运榆先生的一张国画牡丹，以 200 元购得冯先生另一通信札。能遇见可补充丽水图书馆馆藏的文物资料，又有购买之余力，我立即行动，以求不留遗憾。

这幅《牡丹图》为 50 厘米见方小品，画有牡丹、奇石、兰草、两只蜜蜂，右侧题有"朝云""零贰年""冯运榆写"，上部钤"冯运榆"白文印，下部钤"神潜意涌"白文印。

这是冯运榆先生 61 岁时的画作，年、印、名等俱全，细部色彩丰富，重新装裱下，就是一副难得的名家精品。

9 月 28 日，先生的信札也到了。收信人仍是俞建新，信封也是中国美术家协会浙江分会的定制信封。

信封正面印有"浙江杭州"邮戳，邮戳时间是 1989 年 3 月 29 日。内有两封信，共三页纸，用的也是浙江画院信笺。

这信讲的是另一件事，寄出上封信的多年后，冯运榆先生的房子需装修，让学生俞建新叫人来帮忙。俞先生的父亲是木匠，约了弟弟小建和几个徒弟，一共 5 个人，早上从浦沿骑自行车出发，加班加点干了两天，顺利完工。因为路远，冯先生提出多支付点费用。

纸短，情深，生活中的冯运榆先生，眼里有人，对木匠师傅也彬彬有礼，足以见其修养和为人。

　　9月29日，我将整理后的信札寄往丽图，经赖莹老师入馆收藏。希望这些藏品能慢慢组成李震坚先生师生系列。有画作，有信札，有人物，有故事，甚是珍贵，我能遇见，也是我的福分与造化，大幸，惜之。

　　　　　　　　　　2024 年 9 月 29 日于杭州曲荷巷 18 号

记一封"新安旅行团"团员的信札

　　这封手札购自孔夫子旧书网，标价 100 元，挂出整整 5 年未售出，在 2023 年 11 月 2 日，被我以 108 元捡漏购得。

　　这是一封很普通的朋友之间的日常通信，但却能从中窥见经历抗战的一代人在晚年的精神状态与知足心态，以及对战火纷飞的年代里结下的革命友情的珍视。在此，我将信照录如下：

陈其、百苓同志：

　　我和陆苏同志非常记挂您们一家，多次给您们打电话，不通，也曾以两个人的名义给您们写去一信，寄老地址，因没有新的地址，但也不见人回音。我们是担心，怕您们哪一位生病，心里十分地不踏实。今天收到您们的来信，非常高兴！也放心了很多，但陈其同志确实是生了病，身体状况不很好，又让我们记挂。百苓同志的身体也才安，真盼您们多多保重，多注意，别太劳累，尤其在这炎热的季节里。

　　知兵兵一家、晓鸥一家都很好,尤其晓鸥的画大有进展,真为之高兴,请转告我对他们的问好!我是常常念着秋秋的,她能生活、工作得充实,也让我这个阿姨放心一些,但我希望您们能更多的(地)关心她,了解、帮助她,相信您们一定会这样做的。

　　我正忙于党内重新登记的工作。我担任离休支部的工作,事不少,这几天正处评议阶段,对我的评议,已经通过了。同志们给我提了不少优点,都说我是"女强人,对工作充满热情……"。其实,我自己最了解自己,存在的许多不够的方面,以后要不断努力,这次重新登记,进行得很认真,教育、收获还是挺大的,要到月底结束。

　　我家的电话是760030,陆苏家电话是768346,我们常有电话联系,他们一家都好,请勿念。

　　暑假里,雪青、雪红一起回杭看望我,7月底以前回,9月中旬要返回法国。雪青已在美院教书了。雪红在巴黎装饰艺术学院学习,成绩很好,我们的老师见到她展出的作品,评分是第一流的优秀,进步是大的。她很紧张、辛苦,但情绪很好,很高兴。她的变化较大,个性比以前开朗得多,这一年多,她完全是自立的,和雪青不在一个城市。这使她得到更大的锻炼,要学习,要勤工俭学,是很不轻松的,通过这些磨炼,人要成熟些了。他们都很想回国回家看看,虽然路费很贵,他们也宁可回来,反正是他们自己劳动、自己付出。红红帮学校的教授一起搞创作,这就是她目前打的工,所以,她很高兴,觉得可以向教授学到许多知识,又可解决飞机票回家。雪青除了教学外,搞了较多的设计,进步也较大,那家的设备较先进,有助于他的设计。因此,产品多一些。每设计一作品,都寄给我,征求一下意见,也让我了解他的工作。他们都好,我也放心一些。平时,我的事也较多,所以,生活还是挺充实的。

为百苓同志的入党高兴!也向百苓同志祝贺!我们这些老同志和党的感情,就是非同一般,愿我们都继续为党的事业尽自己的力所及。

匆匆写此,祝夏安!

立范
1991-7-10

机缘巧合,在中国美术学院建校 95 周年校庆日——2023 年 11 月 10 日这天的傍晚,我通过朋友确认,这两页手札是已逝的中国美术学院教授郭立范女士的亲笔信,而确认者正是她的儿子,信中提到的"雪青"。

当然,这封手札最大的文化价值,在于收信人陈其、李百苓夫妇和写信人郭立范女士。他们不仅是著名画家,还是抗战时期著名的"新安旅行团"的团员,这样的身份让这封信也有了一定的革命史料价值,这也是我购买并看好的最主要原因。

一晃，距离写信的 1991 年，过去了整整 32 年，写信人、收信人，如今皆已离世——他们是同龄人，写信那年，她已经 64 岁。

写信人，是中国设计国美之路上的二十七名师之一，郭立范教授。她的丈夫王德威、儿子王雪青，都是中国美术学院的教授。

收信人，是新四军老战士陈其和他的妻子李百苓。

写信人郭立范、王德威夫妻，收信人老新四军战士、著名画家陈其，三人都是抗战时期著名的"新安旅行团"团员，关于他们的故事，也都有详细的记述，原文附于后，这是从抗战中走来的特殊一代，是民族苦难的见证人。

信由人写，两页薄薄手书，背后牵连着的是人，是民族与国家，这里有读不完，写不尽的人和事，是不可多得又值得汲取的养料。

2023 年 11 月 12 日于杭州曲荷巷 18 号

补记：

郭立范先生手札于 2023 年 11 月 24 日捐赠给丽水市图书馆，经手人梁子老师。

签名海报收集行动

　　每个周末，我基本是出了浙江图书馆，就走进浙江美术馆。

　　庆幸，一座杭州城，处处皆是我的"大学"。

　　收集各种带主讲题签的海报，正渐渐成为我最近热衷的事情，也可以说是听讲座后拓展的新"业务"，非常有趣。收集的第一张海报，是 2023 年 11 月 25 日，宁波天一阁副研究馆员李开升博士在浙图所做的主题为"宋体字"的讲座的海报——还是金谦先生送我的。

　　1960 年出生的金谦先生也是浙图常客，他坚持每周听讲，数十年如一日。他祖籍嘉兴平湖，退休前是正大青春宝药业有限公司工程师，我们都称他"老金""金工"。他业余爱好文史知识，是浙江省新四军历史研究会会员，重点研究浙南革命史、红十三军史、中共创建史。2021 年 9 月 11 日，他在浙图文澜读书岛第 87 期分享《秋之白华》《多余的话》读书心得，给我留下了深刻印象。

金谦先生自幼便是个有心人,10岁左右就踏上了收藏之路,收藏各种像章、邮票、门票、老报纸、旧版书、作者签名书、地图等等。他听讲座时,一直随身携带讲座海报,在讲座结束后请主讲人签名,再集中收藏。

我也是受到金谦先生启发,才开始渐渐留意并着手收集主讲人签名海报的。此前,我只满足于让主讲人在我的听讲笔记上留下寄语和签名,却未曾意识到讲座海报所蕴含的独特价值。早些年,我有个习惯,就是在听讲笔记本中随意夹一些浙图的听众意见反馈表,然而,随着电子化的浪潮席卷而来,那些承载着岁月痕迹的纸质反馈表也逐渐淡出了人们的视线。

我和金先生约好,每次听讲座前,由他去打印店里打印两张A4尺寸的全彩讲座海报(浙图的公众号会提前发布图片),讲座结束后请主讲人签好名,分我一张。海报彩打1.5元一张,我转了150元给他,算是打印成本。

从此,我和老金成了"合伙人"。有时,多个讲座时间冲突,我们就约好,各去一处,各自签好名,下次见面时互换海报。就这样,一张一张慢慢积累,现在我手头有数十张带主讲人签名的讲座海报了,这个过程很是快乐,其间也发生了很多故事。

这些海报上有讲座的时间、地点,以及主讲人简介和讲座内容介绍,又经过专业设计,既有艺术感,又有名家签名,具有独特性、艺术性、时代性,我认为很值得收藏。

　　我一直计划,将这些听讲海报也一起捐赠给丽水市图书馆。如此一来,想到是为家乡图书馆收集的签名海报,是为了公众,为了文化建设,于长远而言更是有意义,也就更加执着了,不想错过任何一个机会。有一点,我特别庆幸,那就是每每请主讲名家签名,一般都能得偿所愿,极少会被拒绝,果然是大家风范。

2024 年 3 月 5 日于杭州曲荷巷 18 号

　　补记:

　　我从网上得知,"传统笔墨的守护者实践者——李涵世纪书画展"于 3 月 5 日在浙江美术馆开幕。

　　3 月 3 日,我提前网购了一份有李先生 1989 年 5 月 23 日签名题字的画展宣传册页。快递到手,尚未来得及打开看看实物,我就将其放在日常用的布包里,带去三台山庄,晤见庆元恩师姚增辉、杨贤高等人。深夜到家时,发现放在电动车篮内的布包竟然不见了,我立即原路返回找寻,惜未果,甚是遗憾,深夜难眠。

　　尽管 3 月 5 日当天是个冷雨天,我还是在下午出门去了浙江美术馆。我打印了两份海报,又在现场拿了一份折页,找到 84 岁高龄的李先生,请先生都签上名。其中一张海报上,先生还题字"浙江美术馆绘画展纪念",真是收获满满。

　　这时,李涵先生已有 84 岁高龄。

后　记

　　写了文章,总要咬咬牙,勒紧裤腰带,争取结集出版的,否则有愧写作之点滴时光、久久兴趣。

　　安家浙江图书馆边上的曲荷巷 18 号后,我坚持周末去听讲,做笔记,收集主讲人签名题字,再将读书笔记捐赠给家乡丽水的市图书馆,这渐渐形成了终身自主学习闭环,也成为滋润我生命的习惯。在图书馆度过的一个个周末,是我人生中最快乐而有意义的美好的日子。每每回想起当初安家图书馆边之决定,都甚是庆幸当年的明智之举。

　　一路走来,在庆元工作 7 年,丽水 8 年,杭州 12 年,我始终保持着去图书馆学习的良好习惯,图书馆已成为我终身学习、永远不想从这里毕业的"大学"。如今,"'浙图大学'毕业""'图书馆大学'毕业""庆元人",已成为我自我介绍时必说的关键词。

　　自 2011 年来杭州后,走进浙江图书馆,其中的诸多讲座,广我见闻,启我心智,让我着迷,受益无穷。安家图书馆

边，与当代贤人主讲为友，吾之浅陋灵魂亦在逐渐充实。

　　浙图已创办 123 年，搬家 5 次，我有幸与其相伴 12 年，还见证了浙图第 5 次搬家。远远望着浙图之江新馆，竟也设想着能再次搬家，再次安家浙江图书馆边。

　　当然，在杭州这座美丽的人文城市，"浙图大学"只是一处文化高地、一个浓缩的文化符号，我常去的还有浙江美术馆、杭州国画院美术馆、中国丝绸博物馆、南山书屋等等。只要自觉自发，想学，有兴趣学，不论身在杭城还是小县，皆能找到自己的"终身大学"。

　　学以致用，把图书馆"带回家"，为时代和民族尽一己之力，对此事，我特别有兴趣，也决定全力而为，否则愧对"浙图大学"的培养。

　　庆幸，诸多愿望，皆有回响：心心念念的"龙泉文化三宝"已有下文——龙泉司法档案博物馆于 2022 年 9 月 15 日开馆，《龙泉青瓷志》《龙泉宝剑志》在 2023 年 10 月 30 日启动编纂；2023 年 11 月 21 日，浙江省文化艺术发展基金资助项目公示，我报的两项虽均未入选，却也是一份难得的体验和经历；2023 年 11 月 23 日，4 年前庆元全民众筹的 1559 册《四库全书》，顺利运到家乡庆元；"新安旅行团"成员郭立范女士的手札，于 2023 年 11 月 24 日经梁子老师之手捐入丽水市图书馆；在家乡庆元双沈村发起的"朋来·天真"崇学基金的"读论语，发红包"活动已持续进行到第七年……

　　我的写作很是自在率性，既有趣又无负担——在听讲之时,有感而发便记之一二,待积少成多,自感成熟之时,便按主题选辑成册,整理出版,这是一个轻松而快乐的过程。

边听讲,边读书,边写作,边输出,听着,读着,写着,说着,一路前行。此次辑选 2019 年 5 月到 2024 年 9 月间的听讲手记,结集成册,既可告慰自我,亦可借此良机,对诸多主讲人和听友,以及所有浙图人表示感谢——他们虽不是主讲人,不站在讲台上,亦时时感动教育着我,也是我的师长。

这是自 2019 年出版《老爸,去图书馆》后,我再次出版有关图书馆的书。浙图古籍部主任陈谊先生说,你是浙图百年来,首位为图书馆写书的读者。身处和平年代,能听讲、读书,能学有所用,真是人生之大幸事。

唯有保证,所有文字都是从心底流出来的,至少感动过自己。那些曾经记下的文字,哪怕如今回头看,观点是偏颇的甚至是错误的,但在整理时,也不做改动了,留有日期为证。

一路走来,即便仍一无所有,亦感无憾此生。安家图书馆边,我只是一个永远不想毕业的学生。这或许只是我的一厢情愿,但我依然觉得美好而充实。

一路走来,需要感恩的人有许多,铭记在心。

若是再次安家,是否仍会安家图书馆边?我的答案是,一定。